언노운

이진 장편소설

언노운
UNKNOWN

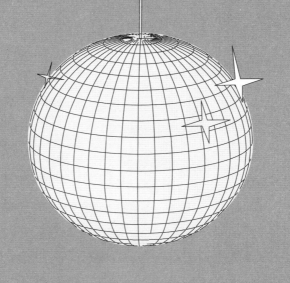

| 차례 |

1
우현

외톨이 펭귄은 무리와 반대 방향으로 걷는다.

남극의 황제펭귄들은 해마다 봄이 오면 남극의 혹한을 피해 북쪽의 서식지로 이동한다. 영하 90도, 바닷물마저 얼리는 무시무시한 추위를 등지고 펭귄들은 한 줌의 햇볕을 쫓아 북쪽으로 향한다. 그 틈에 묘한 녀석이 하나 끼어 있다. 녀석은 홀로 무리에서 떨어져 나와 별안간 정반대 남쪽으로 걷기 시작한다. 녀석의 걸음은 점점 빨라진다. 추운 남쪽 땅에 무언가 두고 온 것이라도 있는 걸까? 하지만 남쪽에는 언 땅을 녹여줄 햇살도 없고 새끼를 먹여줄 물고기도 없다. 지평선을 집어삼킨 눈구름과 폭풍우가 차디찬 회색 그림자를 드리우고 있을 뿐이다.

어느새 펭귄 무리는 도저히 따라잡을 수 없을 만큼 멀리 떨어졌지만 외톨이 펭귄은 아랑곳 않고 반대 방향으로 달리고 또 달린다. 제 눈에만 보이는 미지의 태양이 얼어붙은 세상 끝에서 기다리고 있는 것처럼.

편의점 마카롱을 세 개나 연달아 먹은 탓일까, 자꾸만 졸음이 쏟아졌다. 나도 모르게 입을 쩍 벌리고 하품하다가 황급히 손으로 입을 가렸다. 선생님이 봤으면 창피해서 어떡해. 다행히 선생님은 등을 돌린 채 칠판에 수학 공식을 쓰느라 여념이 없었다.

쉬는 시간까지는 아직 이십 분 넘게 남았다. 나는 교과서 밑에 숨겨둔 핸드폰을 슬쩍 꺼내 오픈마켓 어플을 실행했다. 장바구니에 넣어놓은 후드티 사진을 크게 확대해 들여다보았다. 후드티를 찜해 놓은 지 벌써 한 달이 넘었다. 그동안 백 번도 넘게 보고 또 봐서 반품 및 환불 규정까지 달달 외웠다.

첫눈에 반한 후드티였다. 우선 옷 색깔이 마음에 들었다. 부드러운 핑크색에 살짝 형광톤이 섞였는데 촌스럽지 않고 특이한 색감이었다. 두 번째로 마음에 든 점은 후드티 왼쪽 가슴께에 놓인 펭귄 그림 자수였다. 통통한 펭귄은 물고기 지느러미처럼 짤막한 날개를 위로 치켜들고 한쪽 발은 앞으로 내디딘 채 어디론가 바삐 달려가는 것처럼 보였다.

펭귄 자수를 본 순간 나는 언젠간 반드시 이 옷을 갖게 될 거라는 운명을 느꼈다. 그러나 이만 구천 원은 적지 않은 돈이다. 하필 마침 자외선 차단제도 뚝 떨어졌다. 펭귄 후드티를 사면 자외선 차단제는 포기해야 한다. 쉽지 않은 문제다.

> ─ 민찌 @minzzi
>
> 새 자외선 차단제 vs 한 달 전부터 찜해 놓은 후드티... 이번 달 용돈
> 으로는 하나만 살 수 있음. 어떡하지?
>
> 1. 자차
>
> 2. 후드티
>
> 3. 둘 다 사지 마

나는 트위터에 접속해 후드티 사진을 첨부하고 익명 투표를 열었다. 투표를 받기 시작한 지 일 분도 지나지 않아 누군가가 2번 후드티에 한 표를 던져주었다. 그래, 내 패션 취향이 막 아주 최악인건 아니지. 심란했던 마음이 조금 누그러졌다. 시간이 흐르자 3번 '둘 다 사지 마'에도 한 표가 들어왔다. 뭐야, 혹시 우리 엄마가 투표한 거 아냐? 물론 그럴 리는 없지만.

가족과 오프라인 지인 사이에서 내가 트위터를 한다는 사실을 아는 사람은 아무도 없다. 내가 딱히 트위터에서 나쁜 짓을 하는 건 아니지만 굳이 남들에게 내가 트위터를 한다는 사실을 알려야 할 이유도 없으니까. 오프라인, 그러니까 '현실'의 나를 알고 있는 누군가가 내 트위터 계정을 지켜보고 있다는 상상만 해도 기분이 나빠지고 마음이 불안해진다.

다시 한번 말해 두지만, 나는 트위터에서 나쁜 짓을 하지 않는

다. 물론 트위터처럼 익명성이 보장되는 SNS에서 나쁜 짓을 하는 사람들이 얼마나 많은지는 잘 알고 있다. 나는 그런 악성 유저들을 마음속 깊이 경멸한다. 트위터는 나의 비밀 일기장이다. 내가 현실과 트위터를 섣불리 연결 지으려 들지 않는 이유는 그뿐이다. 나를 아는 누군가가 내 일기장을 들여다보고 있다면 진실은 결코 쓸 수 없을 테니까. 그건 일기가 아닌 소설이 되겠지. 나는 적어도 이곳에서만큼은 거짓말을 하고 싶지 않다.

"쟤야?"

쉬는 시간, 뒤통수를 찌르는 목소리에 나는 스마트폰을 쥔 채 얼어붙었다. 꼭 나를 두고 하는 비아냥처럼 들린 탓이었다. 잇따르는 왁자한 웃음소리도 나를 보고 비웃는 것만 같아 뒷덜미가 간지러웠다.

고등학생이 된 지 한 달이 넘었는데도 나는 여전히 반 아이들이 낯설고 어려웠다. 중학교 졸업하면서 고등학교 생활은 잘 좀 해보겠다고 다짐하고 또 다짐했는데…… 앞으로 삼 년을 버텨야 하는데 벌써 이런 기분이 들면 어떡하니. 나는 작게 한숨을 쉬며 책상에 엎드렸다. 소음 가득한 쉬는 시간의 교실은 화려한 연극이 펼쳐지는 무대고 나 혼자만 멀찍이 떨어진 관객석 끝자리에 앉아 구경하는 기분이었다.

내 앞자리는 우리 반에서 제일 인기 많고 예쁜 여자 인싸 김서은 자리였다. 김서은은 의자에 걸터앉아 제 얼굴보다 훨씬 큰 손거울을 들여다보며 입술에 틴트를 바르고 있었다. 나는 팔에 턱을 괸 채 거울에 비친 김서은의 얼굴을 관찰했다. 흠, 틴트 색이 예쁘긴 한데 김서은의 피부색하고는 잘 맞지 않는 느낌.

"앗!"

갑자기 김서은이 새된 비명을 내질렀다. 실수로 틴트를 바닥에 떨어뜨린 거였다. 원통형 틴트는 옆 분단에서 떠드는 남자아이 집단을 향해 데굴데굴 굴러갔다. 무리 중 키가 제일 큰 남자아이 박시우가 허리를 숙여 틴트를 냉큼 주워 들었다. 그걸 본 김서은은 냅다 의자를 박차고 일어나더니 박시우를 향해 달려갔다. 김서은이 일어나면서 의자를 너무 세게 빼는 바람에 바로 뒷자리에 엎드려 있던 내 이마에 의자 등받이가 부닥치고 말았다. 너무 아파서 나도 모르게 악! 소리를 질렀지만 사과의 말은 들려오지 않았다. 아마 김서은은 내가 자기 뒷자리에 앉아 있다는 사실조차 모를 거다.

"이거 네 거야?"

박시우는 김서은에게 틴트를 돌려주는 척하다 제 머리 위로 훌쩍 치켜들고 장난을 쳤다. 김서은은 저보다 머리통 두 개 정도 더 큰 박시우 앞에서 제자리 뛰기를 몇 번 하다가 자세를 바로잡고 흐트러진 머리카락을 귀 뒤로 쓸어넘기며 또랑또랑하니 위엄마저 느껴지는 말투로 요구했다.

"하나도 재미없거든? 빨리 내놔."

박시우는 멋쩍게 웃더니 순순히 김서은에게 틴트를 돌려주었다. 오오, 하고 박시우 주변의 남자아이들이 굵직한 환성을 보냈다. 중학교에서 이런 상황이 벌어졌다면 남자아이들은 침팬지처럼 괴성을 질러대며 잔뜩 화난 여자아이들과 몸싸움까지 벌인 끝에 담임 선생님에게 혼쭐이 났을 텐데, 확실히 고등학생들은 다르다. 똑같이 유치한 장난을 쳐도 코흘리개 중학생 시절에 비하면 한결 여유롭달까, 자신감이 넘쳤다.

나는 의자에 부딪혀 부어오른 이마를 손바닥으로 비비며 생각했다. 박시우랑 김서은은 나중에 사귀게 될까? 박시우는 우리 반에서 제일 잘 나가는 남자애고. 뭐, 외모가 객관적으로 괜찮은 편이기는 하지. 키도 크고. 하지만 쌍꺼풀이 진하게 진 눈이 마음에 들지 않는다. 시원스러운 외꺼풀 눈이 내 취향이다. 무엇보다도 박시우 하는 짓이 유치해서 별로다. 나는 어른스럽고 예의 바른 사람이 좋다. 내가 좋아하건 말건 박시우랑은 아무 상관 없는 일이지만.

내 생각에 고등학생 특유의 자신감은 성별 이분법의 단단한 기반 위에 쌓아 올려지는 것이다. 성별 이분법은 사람의 성별을 여성과 남성 두 가지로만 구분하는 것을 뜻한다. 쉽게 예를 들어보자면 '파란색은 남자 색깔, 핑크색은 여자 색깔'이라는 고정관념이 대표적인 성별 이분법적 사고방식이다. 어디 그뿐일까? '짧은 머리 남자, 긴 머리 여자', '울지 않는 남자, 툭하면 우는 여자'…… 성별 이분법이 지배하는 세상에 사는 사람들, 그러니까 절대다수의 보통 사람들은 세상에서 벌어지는 수많은 일을 남자 아니면 여자라는 단어로 무 자르듯 설명해 낸다.

방금 전 교실에서 일어난 작은 소동도 성별 이분법으로 풀어낼 수 있다. '짓궂은 남자아이, 새침한 여자아이'. 김서은과 박시우는 각자의 성 역할에 한껏 몰입해 있었다. 내 눈에는 한 편의 연극처럼 느껴질 뿐이었다. 내가 이런 생각을 하는 걸 박시우와 김서은이 알게 된다면 무슨 소리냐며 황당해하겠지. 비웃을지도 모르지. 고등학생씩이나 되어서 성 역할 분담을 어색해하는 건 아직 덜 자란 철부지거나 '아싸' 혹은 '찐따'들 뿐이니까. 그래, 나는 확실히 아싸거나 찐따인지도 모른다. 그렇게 불리는 건 상관없다. 하지만 나는 절대 철부지는 아니다. 나는 단지 여자와 남자 어느 쪽에도 속하기 싫을 뿐이다.

　　먼 옛날부터 나는 남자와 여자 중 어느 쪽 성별도 나의 것이 될 수 없다는 사실을 알았다. 그건 엄마도 아빠도 선생님도 가르쳐준 적 없이 나 스스로 찾아낸 깨달음이었다. 바지, 자동차, 축구, 서서 쓰는 변기, 파란색…… 그 밖에도 수없이 많은, 남자아이만을 위하여 만들어진 물건과 장소들. 남자다움을 상징하는 모든 관념과 그것을 중심으로 돌아가는 성별 이분법의 질서에서 나는 항상 겉돌았다.

　　다른 남자아이들은 태어나면서부터 주어진 권리라고 확신하는 모든 것들을 나는 한 번도 내 것으로 받아들인 적이 없었다. 확신 대신 의심만이 끊임없이 피어올랐다. 왜 남자아이용 물건은 전부 다 파란색일까? 왜 남자아이는 머리를 짧게 잘라야 하는데? 왜 남자아이는 리본 달린 머리띠를 하면 안 돼? 왜 남자아이는 가슴을 드러낸 채 수영을 해도 되고, 여자아이는 안 되는 거야? 그 모든 것들이 나는 어색하기만 한데 다른 남자아이들은 그런 것들에 털끝만큼도 신경 쓰지 않았다. 나는 그런 남자아이들의 무신경함이 부러웠고, 부러운 만큼 무서웠다. 무신경함은 남자다움을 구성하는 가장 기본적이고 필수적인 특성인데, 나에게는 너무나도 부족한 특성이었다.

네 살 때 일이었다. 고모가 반바지를 생일선물로 사 왔는데 나는 바지도 싫었지만 바지에 그려진 못생긴 로봇이 너무너무 싫었다. 고모는 나에게 바지를 입히겠다고 달려들었고 나는 죽을힘을 다해 도망쳐 베란다 커튼 뒤에 숨었다. 커튼을 칭칭 감고 저항하는 나와 실랑이를 벌인 끝에 두 손 두 발 다 든 고모가 혀를 끌끌 차면서 한 말을 나는 잊지 못하고 있다.

"남자애가 참 예민하네."

열일곱 살이 된 지금까지도 나는 고모가 한 말과 같은 말을 귀에 딱지가 앉도록 듣고 산다. "왜 그렇게 예민해?", "사내 녀석이 왜 그렇게 까다로워?" 지긋지긋한 예민 타령을 들을 때마다 '글쎄요, 저도 이렇게 태어나고 싶어서 태어난 게 아니라서요. 우리 부모님께 물어보시든가요'라고 맞받아치고 싶지만 어른들 앞에서는 그냥 입 다물고 웃고 만다. 내가 무슨 말을 해봤자 소용없다는 걸 너무 잘 알아서.

나는 무심코 손바닥을 내려다보았다. 손가락 마디는 굵고 손바닥은 넓고 두툼한, 딱 '남자 같은' 손이 원숭이처럼 길고 여윈 팔에 매달려 있어 보기 싫었다. 분명 내 몸에 달려 있는 손인데 아무리 봐도 내 손 같지 않았다. 크기가 맞지 않는 고무장갑을 끼고 있는 것처럼 어색하기만 했다. 나는 미운 두 손을 책상 서랍 안에 집어넣어 숨겨버렸다.

나는 누구일까. 이름은 이우현. 고등학교 1학년 3반, 생일은 8월 30일, 키 174.5센티미터, 몸무게 61킬로그램, 운동화 사이즈 265밀리미터, 대한민국 서울특별시에 살고 스마트폰 번호 앞자리는 3242, 회사원 이철우 씨와 전업주부 임영주 씨 사이에서 둘째로 태어난, 지정성별 남성 청소년.

수많은 개인 정보들이 이우현이라는 존재를 대변하지만 그중 어떤 것도 진짜 이우현을 증명하지 못한다. 나의 존재에 대해 생각하면 할수록 꼬리를 물고 이어지는 의심과 부정은 아기 적부터 내 곁을 떠난 적이 없었다.

중학교 2학년까지 키 150센티미터에 몸무게는 40킬로그램밖에 안 되는 말라깽이 꼬마였던 내 몸은 3학년으로 올라가자마자 밀린 숙제를 해치우듯 부쩍 자라났다. 겨우 반년 동안 25센티미터나 커졌으니까. 성장통의 아픔은 무시무시했다. 침대 길이에 맞추어 사람의 몸을 늘려버렸다는 그리스 신화 속 악당이 밤마다 내 팔다리 관절을 사정없이 잡아 늘리는 것만 같았다. 나를 괴롭힌 건 몸의 아픔뿐만이 아니었다. 2차 성징이라 불리는 몸의 변화가 나를 감당하기 힘든 혼란 속으로 빠뜨렸다. 아침마다 푸릇푸릇 돋아나는 수염, 유인원처럼 무럭무럭 길어지고 못생겨지는 손발과 점점 넓어지는 어깨, 굵어지는 목소리. 나는 태어나서 한 번도 나를 남자라고 확신한 적이 없는데 내 몸은 멋대로 남자로 변해가고 있었다. 나는 온 힘을 다해 호르몬의 힘에 저항했다. 매일 아침 일찍 일어나 밤사이 난 수염과 털을 면도기와 족집게로 남김없이 제거했다. 요즘은 누나가 나에게 셀프 왁싱 조언을 구할 정도다.

내 몸이 자라자 아빠는 속도 모르고 "우리 우현이가 나를 닮았네" 하며 좋아했다. 자기도 어릴 적에는 나처럼 땅꼬마였는데 고등학교 올라가면서 한꺼번에 20센티미터 넘게 커져서 그동안 자기를 꼬마라며 얕잡아보았던 골목대장들을 신나게 패주고 다녔다는 이야기를 무용담처럼 늘어놓았다. 그 폭력적인 이야기를 들은 나는, 나도 늙으면 아빠처럼 덩치 크고 시커먼 아저씨가 되어버리는 걸까 하고 절망에 빠졌다.

말해 두지만 나는 딱히 우리 아빠를 미워하지 않는다. 단지 아빠를 닮고 싶지 않을 뿐이다. 아빠는 하마처럼 배가 불룩 나오고 얼굴은 커다랗고 패션 센스는 절망적인, 지극히 평범한 중년 아저씨다. 다만 아빠의 외모 중 딱 한 군데 내가 부러워하는 부분이 있다. 아빠의 코다. 아빠 코는 외국인처럼 높고 콧날도 가지런해 꼭 코만 성형 수술을 받은 것처럼 멋지다. 그런데 내 코는 하필 엄마를 빼닮아 콧날은 야트막하고 코끝만 살짝 치켜올라간 버선코다. 피부도 엄마를 닮아 하얀 건 불행 중 다행이지만.

아빠 코는 우리 누나가 물려받았다. 조각처럼 예쁜 누나의 옆얼굴을 볼 때마다 나는 내 몫을 누나에게 빼앗긴 기분이 들어 분했다. 어째서 자식은 부모의 장점만 골라 닮을 수 없는 걸까? 생각해 보면 우리 부모님도 같은 생각을 할 것 같다. '왜 저 애는 내 좋은 점을 닮지 않았을까?' 하고, 나를 볼 때마다 속으로 한숨을 내쉴지도 모른다.

참, 내가 생각해도 나는 좀 지나치게 생각이 많은 편이다. 어쩔 수 없다. 이쪽에도 저쪽에도 속하지 않으면 자연히 생각이 많아질 수밖에 없는걸. 이렇게 매일 넘쳐나는 생각과 고민을 나는 트위터에 쏟아내고는 한다. 나의 트위터 닉네임은 '민찌'다. 민찌는 현실의 남고생 이우현에 비하면 훨씬 증명받기 쉬운 존재다. 정해진 성별과 운동화 사이즈와 집 주소 같은 것들과는 달리 민찌는 온전히 나만의 의지로 만들어낸 자유로운 존재니까.

트위터의 민찌는 하고 싶은 말은 뭐든지 자유롭게 한다. 성별 이분법에 갇힌 사람들을 비판하기도 하고, 소수자들의 권리에 관한 글과 뉴스를 리트윗하기도 한다. 솔직히 말하자면 오늘 급식 메뉴는 심각하게 맛이 없었다거나 새로 산 립밤의 발색이 마음에 쏙 든다는 등 일상적인 이야기를 훨씬 많이 하지만.

가끔 민찌는 트위터에 셀카 사진을 올린다. 셀카 보정 어플의 도움으로 만들어진 민찌의 콧날은 아빠처럼 높고 피부는 잡티 하나 없이 백설공주처럼 하얗다. 민찌는 핑크색과 펭귄과 배스킨라빈스의 슈팅스타 아이스크림과 함박눈을 좋아하고 욕설과 담배를 싫어한다. 민찌는 MBTI 테스트 유형 분류법에 의하면 INFJ형이다. 민찌는 스트리트 패션과 퍼스널 컬러에 관심이 많다. 그리고, 민찌는 남자도 아니고 여자도 아니다. 그런 식으로 규정지어지기를 거부하며 다른 사람도 성별 이분법적으로 대하지 않으려 의식적으로 노력한다. 민찌는 어른스럽고 예의 바르며 올바른 삶의 태도를 지닌 사람을 좋아한다. 그 사람이 여자이거나 남자이거나, 민찌에게는 아무래도 상관없는 일이다.

2
지예

앵무새들이 지저귀기 시작했다.

이 망할 앵무새들은 제대로 노래하는 법을 모른다. 그냥 시끄럽게 고함을 질러대기만 할 뿐이다. 나는 노이즈 캔슬링 이어폰을 귀에 끼우고 음악 어플의 볼륨을 최대한 높였다. 내가 좋아하는 인디뮤지션이 지난주에 새 음원을 발표했다. 고막과 달팽이관을 건너뛰고 머릿속으로 곧바로 흘러드는 전자 음향에 앵무새들의 고함소리가 지워져갔다.

"이거 봤어? 완전 미친 것 같아."

이어폰 배터리가 방전되는 바람에 앵무새들의 소음이 귓속으로 침투해 들어오고 말았다. 한 무리의 여자아이들이 내 바로 옆 책상 위에 앉아 수다를 떨기 시작했다. 셋이 엉덩이를 찰싹 붙여 나

19

란히 앉은 모양새마저 횃대에 앉은 앵무새들 같았다.

"대박. 그럼 그동안 인스타에 올린 게 다 구라였다는 거네?"

"그런 듯. 진짜 어이없다."

아이들은 연예인 커플이 이별한 후 SNS상에서 서로를 저격하는 떡밥을 물고 늘어지는 중이었다. 이미 식은 떡밥인 데다 사건의 전후 관계를 잘못 알고 떠들어대고 있어서 우스웠다. 쟤들이 오프라인이 아닌 단톡방에서 떠들었다면 대화 화면을 캡처해 사진 편집 어플로 밑줄을 쳐서 한 줄씩 반박해 줄 수 있을 텐데, 아쉽다. 야, 너네들이 하는 말은 하나부터 열까지 전부 다 틀렸어. 뭘 믿고 그렇게 자신만만하게 떠들어?

앵무새들을 향한 일침은 마음속으로만 꽂는다. 애초에 말 안 통하는 사람들의 대화에 끼어들 생각은 없으니까. 수준이 맞지 않는 상대와의 대화는 시간 낭비에 불과하다는 사실을 나는 일찍이 초등학생 시절에 깨달았다. 여러 인터넷 커뮤니티에서 다양한 종류의 바보들과 논쟁하며 얻은 교훈이었다. 이제는 어지간하면 논쟁은 벌이지 않는다. 그냥 조용히 차단이나 하고 말지. 뭐, 솔직히 고등학생씩이나 되어서 온라인상에서 키배를 뜨고 다니는 건 아무래도 좀, 그러니까.

"아, 완전 대박."

앵무새들이 손바닥으로 서로의 어깨를 때리며 시끄럽게 소리 질렀다. '대박'. '완전'. '진짜'. 앵무새들은 저 세 단어 없이는 대화라는 걸 할 줄 모른다. 그러니 앵무새라는 거다. 앵무새처럼 남이 한 말을 그대로 따라 하기만 하니까. 앵무새 같은 인간들은 자기주장이라고는 없고 목소리만 크게 내면 된다고 믿는다.

내가 열일곱 해를 살아오며 만난 사람들의 절대다수는 앵무새들이었다. 제일 심각한 건 물론 어른들이다. 특히 우리 아빠와 엄마는 죽어도 말이 통하지 않는 철벽들이다. 내 또래 애들? 99퍼센트가 앵무새라고 할 수 있다. 온라인에서 만난 사람들도 마찬가지였다. 온라인 앵무새들은 인터넷에 떠돌아다니는 내용을 그대로 복사해 붙이기만 반복한다.

나는 멈출 줄 모르는 앵무새들의 소음에 이마를 찡그리며 트위터 어플을 불러들였다. 실시간 트윗 목록에 유명 아이돌 그룹의 멤버 이름이 떠 있었다. 그 아이돌이 연습생 시절 인스타그램에서 여성 팔로워에게 보냈던 DM 내용이 폭로되어서 난리가 난 상황이었다. 여성 팔로워는 성희롱을 당했다고 주장했고, 아이돌 팬들은 조작이라고 주장하며 실트 총공을 하고 있었다. 하여간 돌빠들이란. 우리 사촌 언니 중에도 아이돌 팬이 있는데 툭하면 나한테도 카톡을 보내 유튜브에 좋아요를 눌러달라는 둥 귀찮게 군다. 사촌만 아니었다면 차단했을 텐데, 현실의 인간관계는 골치 아프다.

트위터에 이어 인스타그램을 열었다. 나는 트위터와 인스타 계정을 똑같은 아이디와 닉네임으로 굴리고 있다. 내 닉네임은 '앙팡'이다. 중학생 시절 좋아했던 요구르트 이름에서 따온 이름인데 나중에 앙팡이라는 말이 '앙팡 테리블'이라는 프랑스어에서 따온 말이라는 사실을 알게 되었다. 앙팡 테리블은 '무서운 아이'라는 뜻이라고 한다. 요구르트병에 그려진 캐릭터처럼 무해하고 귀엽게만 보이지만 알고 보면 무서운 아이. 제법 마음에 드는 설정이었다.

나의 온라인 자아는 콘셉트가 분명하다. 나는 트위터와 인스타에 미술 전시회 관련 정보와 전시장에서 찍은 인증 사진을 올린다. 전시회는 중학교 2학년 때 아이돌 팬인 사촌 언니를 따라 처음 가봤다. 아이돌 앨범 재킷을 그린 작가의 일러스트 개인전이었다. 그림 몇 점을 사진 찍어 인스타에 태그를 걸어 올렸더니 팔로워가 많이 늘었다. 그 일을 계기로 나 혼자 전시회장을 찾아다니기 시작했다. 처음에는 인스타 포스팅이 목적이었는데 이런저런 전시를 보다 보니 조금씩 관심이 생겼다. 회화, 설치 미술, 비디오 아트, 조각, 일러스트, 캐릭터 디자인, 서울 곳곳에서 달마다 셀 수 없이 다양한 전시가 열리고 있었다. 입장료가 비싼 전시도 많지만 무료로 볼 수 있는 전시가 훨씬 많았다. SNS에는 작가들이 직접 전시회를 홍보하기도 하는데 그런 정보만 잘 찾아도 돈 안 들이고 실컷 구경할 수 있다.

지난 주말에는 국립현대미술관에서 열린 단체 전시를 보고 왔다. 제일 잘 나온 작품 사진에 '#국현' 태그를 달아 인스타그램에 올렸더니 반응이 괜찮았다. 트위터에도 같은 사진을 올렸는데 때마침 팔로워 만 명이 넘는 초네임드 계정이 리트윗을 해준 덕분에 하룻밤에 백 번 넘게 리트윗되었다. 사진을 리트윗해 간 계정 중에는 내가 찍은 작품을 그린 작가의 계정도 있었다. 이렇게 온라인에서 작가들과 직접 이어질 때가 제일 뿌듯했다.

— 앙팡님이 알티하신 전시회 궁금한데, 같이 보러 갈 사람이 없는 현
 실...

밀린 타임라인을 거슬러 올라가다 트친 '민찌'의 혼잣말이 눈에
띄었다. 트친이 내 닉네임을 거론하는데 그냥 넘어가는 건 예의가
아니지. 나는 잽싸게 민찌에게 답 멘션을 보냈다.

— 원래 전시는 혼자 보는 거예요.
— 앗! 앙팡님!

민찌도 쏜살같이 답을 보내왔다. 나와 민찌가 나누는 대화 타
래가 메신저 화면처럼 차례로 엮여 내려갔다.

— 제가 미술 알못이라서... 혼자 보러 가면 뭐가 뭔지도 모르고 입장료
 만 날릴 것 같네요 ㅜ
— 뭐 어때요. 감상은 주관적인 건데요.
— 그럴까요? 앙팡님처럼 미술 잘 아시는 분이 옆에서 조곤조곤 설명
 해 주다가 제가 잘 모르고 뻘소리 하면 날카롭게 지적해 주기도 하
 고, 하... 너무 좋을 것 같다죠.
— 뭐죠 그건...? 너무 구체적인데요. ㅋㅋ

23

— 아... 혹시 제가 또 폭주했나요...?

— 민찌님... '전시'보다는 '전시회 데이트'를 원하시는 거 같은데요?

— 네... 실은 그렇답니다... 죄송합니다...

— 우선 데이트 상대부터 찾으셔야 하지 않을까요...?

민찌와 대화하는 동안 나를 괴롭히는 앵무새들의 소음이 조금씩 희미해져 갔다. 트위터는 최고의 노이즈 캔슬링 이어폰이다. 온라인 세계에 집중하고 있는 동안에는 현실의 앵무새들이 나를 방해하지 못한다. 엄마가 옷차림을 트집 잡을 때도, 아빠가 술에 취해 귀찮게 굴 때도 트위터 어플만 켜면 그만이다.

물론 트위터에도 멍청한 앵무새들은 넘쳐난다. 하지만 그만큼 똑똑한 사람들도 많다. 트위터에는 대통령, 연예인, 예술가, 교수, 의사 같은 전문가 들이 자기 직함을 내걸고 의견을 피력한다. 진부하고 지루하기만 한 나의 현실에서는 만날 일이 없는 사람들이다. 아, 물론 나는 의사나 교수라고 해서 무조건 똑똑하다고 믿지는 않는다. 진짜 똑똑한 사람은 똑똑해 보이는 직업을 가진 사람이 아니라 자기 자신이 누구인지를 분명히 아는 사람이다. 자신이 누구인지를 알려면 자기가 무엇을 좋아하는지부터 알아야 한다.

나? 나는 일찍이 초등학교 때부터 나의 취향을 파악했다. 아주 어릴 적부터 나는 남들과는 다른 것에 끌렸다. 예를 들자면 끝도 없다. 음, 우선 나는 아이들이 다들 좋아하는 초콜릿을 싫어한다. 불닭볶음면처럼 덮어놓고 매운 음식도 질색이다. 다들 잘생겼다며 난리인 남자 연예인이나 아이돌은 싫어하는 차원을 넘어 혐오한다. 너무 싫어하는 것만 늘어놓았나? 나는 미술 전시회와 인디밴드의 음악, 검은색 옷과 실버톤 액세서리, 길고양이들, 레트로풍 아이템을 좋아한다.

민찌의 취향은 나랑은 사뭇 다르다. 민찌는 알록달록한 형광색 옷을 즐겨 입고 아이돌 노래를 좋아하며 스트레스 쌓이는 날에는 불닭볶음면에 슬라이스 치즈 세 장을 얹어 먹는다. 그래도 민찌는 다른 앵무새들이랑은 다른 존재라고 할 수 있다. 왜냐하면 민찌는 '무지개'니까.

무지개는 성소수자를 상징한다. 민찌의 트위터 프로필에는 무지개 깃발 모양 이모티콘과 함께 연보랏빛과 흰색, 진한 녹색 줄무늬 깃발 모양 이모티콘이 붙어 있다. 그 깃발은 젠더퀴어와 논바이너리의 상징이라고 한다. 젠더퀴어는 성소수자의 한 종류다. 흑인, 황인, 백인 등 인종이 여러 가지로 나뉘는 것처럼 성소수자들도 다양하게 나뉜다. 동성애자, 양성애자, 트랜스젠더, 무성애자…… 그리고 또 뭐가 있더라? 종류가 너무 많아서 잊어버렸다. 아무튼 젠더퀴어는 남성이나 여성 중 어느 쪽에도 속하지 않는 사람을 뜻한다고 한다.

처음 젠더퀴어라는 단어를 트위터에서 봤을 때는 트랜스젠더랑 같은 개념인 줄 알았는데, 비슷하면서도 다르다고 민찌가 설명해 주었다. 민찌 같은 무지개들이 쓰는 용어들은 워낙 복잡하고 영어가 많아 이해하기 쉽지 않았다. 하지만 젠더퀴어나 지정성별이라는 게 뭔지도 모르는 우리 반 앵무새들을 생각하면 아무리 어려워도 알아두고 싶다는 오기가 생긴다.

민찌는 트위터에 주로 일상 이야기를 올린다. 민찌가 매일 시시콜콜하게 자기 얘기를 올리는 덕분에 맞팔 트친인 나도 본의 아니게 민찌의 가족 관계까지 다 꿰고 있다. 민찌는 서울에서 부모님과 대학생 누나와 넷이 사는 고등학생이고, 키는 174센티미터고, 몸무게는 62킬로그램인 마른 체형에, 지정성별 남성인 아이다.

성별이면 그냥 성별이지 '지정성별'은 또 뭐냐고? 지정성별은 갓난아기가 세상에 막 태어났을 때 주어지는 성별을 뜻한다. 보통 아기들은 산부인과에서 태어나니까 아기를 받아준 의사가 아기의 성기를 보고 남자 아기나 여자 아기라고 발표를 해줄 것이다. 그러니까 지정성별은 오직 성기만으로 규정되는 성별이다. 설명이 복잡한데…… 한마디로 현실의 민찌는 고추가 달렸으니 남자다. 하지만 민찌는 자신이 단순히 '고추 달린 존재'로만 규정지어지는 것을 거부한다. 그러므로 민찌를 일방적으로 남자, 남고생이라고 부르는 건 실례다.

민찌는 종종 트위터에 셀카를 올린다. 쌍꺼풀 진 큰 눈이 귀엽고 패션 센스도 내 취향과는 거리가 멀지만 좋은 편이다. 아 그래, 나도 안다. 남의 외모를 평가하는 건 올바르지 못한 태도라는 걸. 하지만 솔직히 못생긴 사람보다는 멋지고 예쁜 사람과 친해지고 싶다. 누군들 안 그러겠어?

민찌와는 달리 나는 가급적 SNS에 셀카를 올리지 않는다. 아주 가끔 셀카를 찍을 때는 반드시 마스크를 쓰고 찍는다. 모르는 사람들에게 외모 평가를 당하고 싶지는 않으니까. 트위터에는 몇 년 동안 셀카 한 장 공개하지 않은 채 입담과 정보력만으로 수천 명이 넘는 팔로워를 이끄는 네임드 계정들이 많이 있다. 트위터에서 친구를 모으는 비결은 남이 아닌 내가 나를 무엇으로 규정하느냐에 달려 있다. 아무리 멍청하거나 생각이 글러 먹어도 외모만 괜찮으면 인기인이 되는 현실보다 훨씬 공정한 세계다.

트위터에는 민찌 같은 성소수자 계정들이 많았다. 현실에서는 단 한 번도 만나본 적이 없는 다양한 정체성의 소유자들이 매일 트위터에서 서로 논쟁하고 농담을 하고 연애도 하고 싸우기도 한다. 고백하자면 중학교 때 처음 트위터를 시작하고 성소수자들의 존재를 알았을 때는 혹시 나도 성소수자일지도 모른다는 생각을 해본 적 있다. 왜냐면 나는 지금까지 한 번도 남자 연예인이나 남자 아이돌에게 끌려본 적이 없기 때문이다. 남자 연예인도 싫은데 평범한 남고생? 말할 가치도 없다.

"야, 이거 완전 나 아냐?"

옆 분단에서 박시우가 낄낄대며 오버했다. 으…… 역하다. 박시우는 우리 반 남자 인싸인데 키 좀 크다고 제가 아이돌급인 줄 착각하는 놈이다. 하여튼 남자들이란 조금 생기면 생긴 대로, 못생기면 못생긴 대로 주제 파악을 못 한다니까. 저런 애들이 좋다고 연애까지 하는 여자애들은, 참 비위도 좋다.

나는 레즈비언일지도 모른다는 생각을 진지하게 해본 적도 있다. 그런데 나는 여자아이를 연애 상대로 좋아해본 적도 없다. 아직까지는. 사랑에 빠지면 알게 된다는 강렬한 감정을 나는 한 번도 느껴본 적이 없다. 미디어 콘텐츠들에서 사랑과 연애를 표현하는 말들은 하나같이 상투적이고 과장스럽다. '심장이 터질 듯이 두근'거리고, '감전된 것처럼 전율'이 일고, '이유 모를 눈물'이 샘솟고……. 그런 손발 오그라드는 감정이 정말 현실에 존재한다고? 주제 파악 못 하는 남자 원숭이들과 하루 종일 유튜버와 연예인 이야기만 하는 앵무새들을 상대로? 가능해, 그런 게? 상상만 해도 소름 돋는다. 만일 연애를 하게 된다면 나는 나보다 나이 많은 어른이랑 연애하고 싶다. 입으로만 잘난 척하는 꼰대가 아닌, 자아와 취향이 확고한 진짜 어른과.

하지만 당장 나에게 중요한 건 연애보다는 전시회와 SNS 계정 운영이다. 주말마다 새로운 전시와 행사 들이 온라인과 오프라인에서 꾸준히 열렸다. 미성년자 입장을 금지하지 않는 행사와 공간이라면 나는 어디든 간다. 부모님에게 등 떠밀려 다니는 학교와는 달리 전시회장은 목적이 명확한 공간이다. 작품을 전시하기 위해 설계된 특별한 공간에 오직 그 작품을 보기 위해 일부러 찾아가는 특별한 사람들이 모인다. 그래서 나는 작가들뿐만이 아니라 전시를 보러 가는 사람들도 좋아한다.

전시회장에 머물러 있으면 나도 그런 어른들처럼 똑똑해지는 기분이 들었다. 간혹 그들이 나누는 대화에 슬쩍 끼어들 때도 있다. 그들은 예술과 문화, 정치와 인권 같은 고차원적인 화제를 논

28

했다. 그런 어른들 사이에 낄 때면 내 심장은 터질 것처럼 두근거리고 전율 비슷한 감각이 흘렀다. 그런 걸 사랑이라고 부를 수 있다면 나는 전시회장과 사랑에 빠진 걸지도 모르겠다.

잠깐, '광순'이 새 트윗을 올렸다. '광순'은 요즘 내가 제일 좋아하는 작가다. 본명은 안광순, 여자 같은 이름이지만 남자다. 그는 현대 미술가면서 공연 기획자이기도 하며, 잡지 같은 데 칼럼도 쓰고 에세이 책도 출판한 작가고, 패션 디자이너와 협업해 크라우드 펀딩을 받아 오리지널 캐릭터 티셔츠를 제작하기도 한, '전방위 아티스트'다. 그의 작품들도 멋지지만 그가 온라인에서 취하는 태도는 더 멋지다. 그는 트위터에서 여성을 비롯한 소수자 인권을 옹호하는 발언을 자주 하는데, 덕분에 혐오 계정들의 표적이 되었다. SNS에는 광순처럼 개념 있는 네임드들에게 흠집 낼 기회를 호시탐탐 노리는 음침한 앵무새들이 많다. 광순은 그런 것들에 개의치 않고 당당하게 자기가 하고 싶은 말을 한다.

광순의 트위터 팔로워는 팔천 명이 넘는다. 나도 그의 팔로워다. 비록 맞팔 사이는 아니지만……. 아무튼 내가 올린 작품 사진을 광순이 리트윗해 간 적도 있다. 그날은 너무 기뻐서 엄마가 시비를 거는데도 그냥 넘어갔다. 언젠간 오프라인에서도 광순이랑 친해지고 싶다. 팔천 명의 틈바구니에서 눈에 띄지 않는 존재로만 남고 싶지 않다. 나는 앵무새가 아니니까.

3
영주

지하실 공기는 텁텁했다. 곰팡이 냄새도 희미하게 섞여 있었다. 출입문 옆에는 택배 상자들이 무질서하게 쌓여 창문 하나 없는 공간을 한층 더 갑갑하게 만들었다.

어쩌면 이렇게 창고 같은 곳에서 직원 면접을 보나. 별스러웠다. 창문 없는 벽을 따라 놓인 책상 위에는 데스크톱 컴퓨터가 있고 방 한가운데는 접객 용도로 놓아둔 큰 테이블과 짝이 맞지 않는 사무용 의자 세 개가 놓여 있어 사무실의 최소 필요조건을 어떻게든 충족해 내고 있었다.

벽을 보며 일하는 젊은 여자 직원은 내 쪽에는 눈길 한 번 주지 않은 채 컴퓨터 키보드를 두드리느라 바빴다. 그 완강한 뒷모습을 보고 있자니 나도 모르게 어깨가 움츠러들었다. 참, 딴 생각 하고 앉아 있을 때가 아니지. 나는 허리에 힘을 주며 맞은편에 앉은 면접관의 말에 귀를 기울였다.

"주휴수당을 쪼개 넣어드리는 것으로 생각하시면 되겠고요, 점심 식대는 매일 삼천구백이십 원씩 별도로 지급됩니다."

돈 이야기가 나오니 귀가 번쩍 뜨이며 흐려지던 집중력이 단박에 돌아온다. 이십 대 후반일까, 많아야 삼십 대 초반이겠지. 서류와 내 얼굴을 번갈아 쳐다보며 말하는 면접관의 눈가에는 새파랗게 싱싱한 젊음과 어울리지 않는 해묵은 피로감이 내려앉아 있었다.

"네, 네. 잘 알겠습니다."

나는 노인처럼 목을 길게 빼고 연거푸 고개를 주억거렸다. 면접관은 테이블 위에 올려놓은 내 이력서를 내려다보며 조심스레 말을 이었다.

"임영주 님, 이력서상으로는 사무직 일만 해보신 것 같은데요. 솔직히 저희 업무가 서비스직이기도 하고 체력적인 면에서 조금, 힘들다고 할 수 있는 일이거든요. 그래도 저희 일을 꼭 하고 싶으시다면 그 이유가 무엇인지 최대한 솔직하게 대답해 주시면 감사드리겠습니다."

"네, 생활비 때문에 지원했어요."

질문이 떨어지기 무섭게 나는 면접관이 요구한 대로 최대한 솔직하게 대답했다.

"아…… 네. 그러시구나."

면접관은 듣기 불편한 이야기를 늘어놓는 연장자 앞에서 젊은

이들이 곧잘 보이는 난처한 미소를 띤 채 클리어 파일 뚜껑으로 절묘하게 가려둔 서류 위에서 빠르게 볼펜을 놀렸다.

이르면 오늘 저녁, 늦어도 내일 안에는 합격 여부를 알리는 문자를 받을 것이라는 설명을 마지막으로 면접은 끝났다. 면접관에게 인사를 하고 사무실을 나설 때까지 벽을 보고 앉은 젊은 직원은 끝내 한 번도 뒤를 돌아보지 않았다. 일이 얼마나 많으면 저러나 싶어 안쓰러웠다. 곱게 기른 머리를 등허리에 늘어뜨린 뒷모습에서 면접관만큼 어린 태가 났다.

사무실을 나오자 거짓말처럼 긴장이 풀리고 마음의 여유가 돌아왔다. 나는 복도를 빠져나가는 몇 초 동안 스치는 풍경을 열심히 눈 안에 주워 담았다. 혹시라도 합격해 일하게 되면 매일같이 드나들어야 할 곳이니까.

면접을 본 사무실을 제외한 지하 공간의 대부분은 재고 창고로 쓰이고 있었다. 여자 힘으로는 들지도 못할 것 같은 큰 상자들이 철제 앵글로 짜 맞춘 진열장 맨 꼭대기까지 꽉 들어차 있었다. 진열장에 미처 들어가지 못한 짐짝들은 바닥에 쌓여 위태로운 각도로 기울어져 있었다. 숨 막히는 풍경을 등지고 지상으로 올라가려는데 계단 맞은편에 난 방문 너머에서 내 또래 여자들의 왁자한 웃음소리가 들려왔다. 그래도 웃을 여유는 생기는 직장인가 보다. 아직 합격하지도 않은 주제에 마음이 놓였다.

일주일 전, 인터넷의 구인 구직 사이트를 뒤적이던 나는 우리 동네 전철역 앞에 있는 균일가 생활용품점, 이른바 천원숍이라고 불리는 가게의 파트타이머 모집 광고를 발견했다. 한국 사람이라면 다 아는 큰 기업이고 무엇보다 집에서 가깝다는 점이 마음에 들었다. 이력서를 써서 냈더니 웬걸, 바로 다음 날 채용담당자에게서 면접을 보러 오라는 전화를 받고 면접 일정을 잡았다. 일사천리였다.

붙을까? 집으로 오는 마을버스 안에서 나는 걱정했다. 나이도 학벌도 따지지 않는 단순노동. 면접관 앞에서 드러내놓고 사회 부적응자처럼 굴지만 않으면 거의 무조건 합격이라고 생각하라는 실무자 후기를 인터넷에서 읽기는 했지만 그래도 일 구하는 사람 형편에 마음 놓을 수 없는 노릇이었다.

면접관 아이가 지적한 대로 나는 지금까지 서비스업이라고 불릴 만한 일을 해본 적이 없다. 대학 시절에는 과외 아르바이트가 쏠쏠했고 졸업하고서는 중견기업의 공채에 붙어 제법 오랫동안 사무직으로 일했다. 대학 나와 일하는 여자들을 '커리어우먼'이라는 말로 추켜세워주던 시절이었다. 그렇게 일하다 사수가 주선한 소개팅 자리에서 남편을 만나 결혼하고 아이를 갖고, 직장을 그만둔 건 이제 고등학생이 된 둘째 아이가 막 뱃속에 생겨났을 때니 벌써 십여 년도 훨씬 전이다. 첫째가 중학교 다닐 적 큰언니가 차린 보습학원에서 한동안 경리 일을 봐주다 형부의 사업이 잘못되어 언니도 학원 문을 닫아야만 했고, 그것이 내 직업적 경력의 마지막이 되었다.

경단녀. 나 같은 여자들을 부르는 말이다. 일 관두고 애들 기르

33

다 한세월 지난 경단녀 아줌마는 한창 일하는 삼십 대 청년의 눈에는 충분히 사회 부적응자처럼 보일지도 모르지.

집에 돌아오자 허기가 졌다. 오랜만에 면접을 봤다고 굳은 머리가 애를 쓴 모양이었다. 당이 떨어진다, 떨어져. 나는 밖에서 뛰놀다 온 아이처럼 냉장고와 부엌 찬장을 열어젖히며 먹거리를 찾았다. 간식으로 먹을 만한 주전부리가 하나도 없었다. 별수 없이 전기밥솥에 남은 눌은 밥과 냉장고에 들어 있던 밑반찬 두 가지로 대충 상을 차렸다. 지난주에 담근 오이장아찌가 꿀맛이었다.

— 엄마, 나 염색해야 됨.

혼자 밥 먹으며 핸드폰을 보는데 카톡 메시지가 날아들었다. 지방에서 자취하는 대학생 첫째가 단톡방에 올린 메시지였다. 우리 가족 단톡방은 각자 일터와 학교와 집에 뿔뿔이 흩어져 사는 우리 네 식구가 한데 모여 소통하는 유일한 공간이었다.

"이거라도 없었으면 식구들이랑 아예 말도 안 하고 살았을 거 아냐. 이게 얼마나 좋은 물건이냐. 핸드폰이 효도한다."

엄마는 그리 말했다. 그러고 보니 걸어서 삼십 분도 안 걸리는 지척에 사는 친정엄마하고도 전화보다 카톡을 훨씬 많이 하고 사니, 나야말로 불효자식이다.

첫째는 이번 주말 서울 올라오는 김에 미용실에서 머리 염색을 하겠다는 선언을 하고 있었다. 미용실 가야 한다는 이야기를 굳이 꺼내는 속셈이 뭘까. 뭐긴 뭐겠어, 미용실값 내달라는 소리지. 나는 젓가락을 입에 문 채 얼굴을 구기며 답톡을 보냈다.

— 미용실 간 지 얼마나 됐다고?
— 방학 때 가고 계속 안 갔어. 지금 내 머리 상태 완전 심각해.

첫째는 새 머리털이 까맣게 돋아난 제 정수리를 찍은 사진까지 보내며 졸라대었다. 나는 핸드폰을 꽉 엎어놓고 젓가락 뒷부분으로 먹다 남긴 오이장아찌를 반찬통에 주워 담았다. 공부해서 취업하라고 돈 들여 대학 보냈지, 수십만 원 내고 머리하라고 보냈나. 성질이 돋았다.

"엄마! 까톡 왔어요."

엎어놓은 핸드폰이 부르르 떨며 갓난아기 목소리로 칭얼거렸다. 하는 수 없이 카톡을 확인하자 첫째가 땅바닥에 엎드려 두 손을 싹싹 비비는 강아지 이모티콘을 붙이며 엄마의 선처를 호소하고 있었다. 순순히 봐줄까 보냐?

— 골목 시장 제니미용실에서 해~ 전체 염색 이만 오천 원이다~.
— 아 좀! 거기는 아줌마들 다니는 데고.
— 왜~? 거기 싸고 잘한다~.

딸과 실랑이를 벌이는데 갑작스레 문자 메시지가 도착했다. 오늘 만난 면접관이 보낸 합격 통보 문자였다. 면접을 보고 온 지 세 시간도 지나지 않았는데 벌써 결과가 나온 것이었다. 어쨌거나 합격이었다. 이 얼마 만에 받아보는 합격 통보냐. 나는 곧바로 가족 단톡방에 합격 소식을 알렸다.

— 엄마 면접 붙었다!

— 면접? 웬?

— 동네 천원숍 알바 면접.

— ㅋㅋ 그게 그렇게 신나?

— 그럼~! 신나지. 이제부터 엄마도 돈 번다.

— 와! 그럼 나 염색해도 돼?

— 야. 넌 첫 월급 타기도 전에 뜯어갈 생각부터?

— 어마마마~~ 제발요.

오냐, 어마마마 간만에 일자리 생긴 기념이다. 나는 '오케이' 하고 엄지를 치켜드는 이모티콘을 붙여주었다. 신이 난 첫째는 '사랑해요' 하며 하트 세례를 날리는 이모티콘 여러 개로 화답했다.

콧노래를 흥얼거리며 설거지를 뚝딱 마치고 안방에 들어가 사시사철 펼쳐둔 전기장판 위에 엎어졌다. 핸드폰 문자 메시지함에는 합격 통보에 이어 '[필독] 신입사원 필수 지침 사항'이라는 제목이 붙은 장문의 메시지가 도착했다. 신입사원 교육 일정과 교육장 길 안내 지도 등이었다. 신입사원이라, 오랜만에 듣는 호칭이다. 그나저나 요즘 회사들은 파트타이머 아줌마 알바생도 신입사원이라 불러주는 모양이다. 듣는 사람 기분이라도 좋으라고 그러는지 모르겠다만 공치사스러워 우습다는 생각이 앞섰다.

핸드폰 글씨를 한참 들여다보고 있자니 눈이 어른어른했다. 돋보기를 찾아 화장대 서랍을 뒤적이는데 방문이 슬쩍 열렸다. 둘째였다.

"엄마, 취업 축하해."

둘째는 열린 방문 틈으로 고개만 빼꼼 내놓은 채 배시시 웃으며 축하 인사를 건넸다.

"언제 왔어?"

"방금."

"그래, 축하 고마워."

둘째는 슬그머니 방 안으로 들어와 쪼그려 앉더니 내 눈치를 살피며 물었다.

"있잖아, 엄마. 나 옷 하나 사도 돼?"

"얘 좀 봐? 너까지 엄마 일 구했다고 냉큼 뭐 사달라고 하기야?"

"그런 거 아냐. 한 달 전부터 살까 말까 고민했던 거야."

"무슨 옷인데 그래?"

하는 수 없이 물어봤더니 둘째는 기다렸다는 듯 제 핸드폰을 내 턱 밑에 바짝 들이밀었다.

"이거야. 귀엽지? 재질도 괜찮대."

"얘, 그렇게 가까이 들이대면 엄마 잘 안 보여."

"이러면 보여?"

"그래, 보인다. 뭐야. 후드티 아냐? 너 후드티 있잖아?"

"아냐. 나 후드티는 하나도 없어."

둘째가 갖고 싶어 하는 옷은 딸기우유 빛깔 같은 연분홍색 후드티였다. 원가는 이만 구천 원인데 할인 쿠폰과 통신사 포인트를 적용하면 이만 이천 원에 살 수 있단다. 이만 원짜리 옷 한 벌 사 입어보겠다고 열심히 엄마 비위를 맞추는 아이가 우습기도 하고 애처롭기도 했다.

"분홍색보다는 파란색이 낫지 않아?"

이미 사줄 마음은 먹었건만 괜스레 딴죽을 걸어본다. 둘째는 못 들을 말이라도 들은 것처럼 아랫입술을 새 부리처럼 비죽이며 아무 말도 없었다. 아기 적부터 심통이 나면 저런 표정을 지어서 내가 '미운 오리 얼굴'이라고 놀려주고는 했다. 그때도 첫째의 한복 치마를 장롱 구석에서 찾아내 뒤집어쓰더니 신나게 춤을 추어서 남편이랑 배를 잡고 웃었지. 둘째가 결연하게 말했다.

"파란색은 안 돼. 내 얼굴 톤이랑 완전 안 맞아."

"네 얼굴이 무슨 톤인데?"

"나는 봄 웜톤이거든. 웜톤이 파란색, 초록색 계열 옷 입으면 진짜 촌스러워 보여."

"그래? 내 얼굴은 무슨 톤인데?"

둘째는 세상 진지한 표정으로 내 얼굴을 뜯어보더니 말했다.

"엄마는 딱 쿨톤이지. 계절은 약간 헷갈리는데…… 아무튼, 엄마 좋아하는 하늘색 스웨터 있잖아. 지난주에 외할머니 집에 갈 때 입었던 거. 그거 엄마 최애 템이지? 그 스웨터 입고 나가면 엄마 친구들이 젊어 보인다고 칭찬한다며. 그게 다 엄마가 쿨톤이라 하늘색이랑 매치가 잘 되어서 그런 거야."

무슨 미용 전문가라도 된 것처럼 달변을 늘어놓는 아이가 우스워 죽을 지경이었다. 나는 웃음을 삼키며 장단을 맞춰주었다.

"그으래? 그 스웨터 절대 버리면 안 되겠네."

아이는 안달이 난 듯 내 눈치를 보며 다시 물었다.

"그래서…… 나 이 후드티 사도 돼, 엄마?"

"그래. 사줄게. 너 좋아하는 걸로 사."

"와! 사랑해, 엄마!"

둘째는 입이 헤벌어져서 방을 나갔다. 나는 돋보기안경을 쓰고 구인 공고문에 명시된 수당을 기준으로 월급을 계산해 보았다. 파트타이머 시급은 구천백육십 원, 올해 기준 최저 시급이다. 근무 시간은 하루 여섯 시간, 일주일에 6일을 일한다. 그러면 한 달에 받는 돈은 백삼십만 원이 조금 넘는 셈이다. 아차, 점심 식대를 깜박했다. 매일 삼천구백이십 원씩 나오는 식대를 시급에 덧붙이면 한 달에 백사십만 원 정도가 된다. 점심은 도시락 싸들고 다니면 되고. 매주 6일씩 한 달 내내 일하고 백사십만 원, 쥐꼬리만 한 월급이지만, 쥐꼬리만 한 돈도 엄연히 돈이다.

다시 일해야겠다는 마음을 먹은 지는 꽤 오래되었다. 마음만 먹고 꾸물거리던 내 등을 떠민 것은 작년 이맘때 친정엄마의 난소에서 발견된 암이었다. 실비 보험이 나오기는 했지만 치료비가 만만치 않았다. 몇 년 전 아버지도 암으로 먼저 떠나보낸 엄마에게는 재산이라고 할 것도 없었다.

나는 남편과 상의해 엄마의 수술비와 치료비를 보탰다. 다행히 암 수술은 잘 끝났고 지난한 항암 치료 과정도 견디어낸 엄마는 건강과 일상을 거의 되찾았다. 담당 의사도 '모범 환자'라며 칭찬했지만 암이란 언제 재발할지 모르는 두려움을 남기는 질병이었다. 엄마뿐만이 아니라 나에게도 남은 숙제였다.

홀로 된 노인 한 분 거뜬히 책임질 수 있는 형편이라면 좋겠다만 우리 집 사정이 그 정도는 아니었다. 우리는 둘째를 낳은 다음에야 본격적인 내 집 마련을 시작할 수 있었다. 적금을 몽땅 털어넣고 디딤돌 대출을 받아 지금 사는 아파트를 분양받았다. 허리띠를 졸라매 처음부터 다시 쌓은 적금이 두 개, 그중 하나를 첫째 대학 등록금으로 쓰고 나머지 하나를 친정엄마 항암 치료비로 털어넣은 것이었다. 와중에 싫은 소리 한마디 하지 않은 남편에게는 고마울 뿐이었다. 나의 재취업은 신혼 시절부터 한시도 쉬지 않고 일해 온 남편을 향한 미안함의 표현이기도 했다. 물론 우리에게 돈이 필요한 것 또한 사실이었다.

일이 아무리 힘들어도 질기게 붙어서 오래오래 하리라. 마음을 다지며 나는 자꾸 흘러내리는 돋보기안경을 치켜 쓰고 신입사원 필수 지침 사항을 달달 외울 때까지 읽고 읽었다.

4
우현

책가방을 내려놓는 것도 잊은 채 성급한 손놀림으로 택배 상자를 열어젖혔다. 투명한 비닐 아래 인공적인 빛을 뿜는 형광 핑크가 황홀했다. 비닐을 뜯고 옷을 꺼내자 왼쪽 가슴에 수놓인 펭귄이 드러났다. 펭귄의 눈이 살짝 비뚜름했다. 그래서 더 마음에 들었다. 나만의 특별한 펭귄.

당장 옷을 입고 싶은 충동을 억누르며 일단 옷 상태를 자세히 확인했다. 좋아, 불량품은 아닌 듯. 나는 책가방과 교복 재킷을 한꺼번에 벗어 던지고 후드티를 입었다. 전신 거울 앞에서 이리저리 매무새를 확인해 보았다. 오버사이즈 디자인이라 몸에 딱 맞지는 않지만 내 기대보다는 아주 약간 통이 작은 느낌이었다. M사이즈로 샀는데, 그냥 L사이즈로 살 걸 그랬나 보다. 교환 신청을 할까?

하지만 단순 변심으로 교환하려면 추가 택배비를 사천 원이나 내야 한다. 에이, 그냥 입자.

나는 침대에 걸터앉아 스마트폰을 머리 위로 높이 치켜들고 인증 셀카를 찍었다. 후드티의 핑크빛이 받쳐준 덕분에 사진이 화사하게 잘 나왔다. 눈동자도 평소보다 더 까맣고 크게 나온 것 같아 기분이 좋아졌다.

— 주문한 후드티 도착! 조금 작은데... 내일부터 다이어트!

나는 제일 잘 나온 셀카를 트위터에 올렸다. 올려놓고 나서 보니 아래턱이 너무 각지게 나온 것 같았다. 좀 더 줄일걸. 후회하며 사진을 지우려는데 그새 누군가가 내 사진에 '좋아요'를 눌러줬다. 사진을 곧바로 지우면 모처럼 좋아요를 보내준 사람에게 미안하다. 나는 사진을 그냥 놔두기로 했다. 이어서 '앙팡'님의 멘션이 날아왔다.

— 민찌님 거기서 살 더 빼시면 공기처럼 사라져버리지 않을까요?

조금 짓궂지만 위로가 되는 말이었다. 나의 트친 앙팡님은 팔로워가 천 명 넘는, 내 기준에서는 네임드 계정 운영자다. 내가 먼저 팔로우를 건 뒤 얼마 후에 앙팡님도 맞팔을 해주었다. 그 후로 가끔 잡담을 주고받으며 친해졌다.

앙팡님은 전시회 오덕이다. 주말과 공휴일마다 다양한 전시장에 찾아가 사진과 동영상을 찍어 트위터와 인스타에 올린다. 나는 미술이나 디자인에는 그다지 관심이 없지만 앙팡님이 올리는 사진들은 좋아한다. 앙팡님은 사진을 잘 찍는다. 가끔 풍경 사진도 올리는데 햇살에 셀로판 종이처럼 투명해진 은행잎이나 알록달록한 종이컵 같은 것들을 빈티지한 느낌으로 예쁘게 찍었다. 한마디로 앙팡님은 미적 감각이 좋았다. 역시 미술을 좋아하는 사람은 다른 것 같다. 미술뿐만이 아니라 무엇이든 진지하게 좋아하는 것이 있는 사람은 멋지고 특별하다.

거의 매일 사진을 올리는 앙팡님은 자기 셀카는 거의 찍지 않는다. 예전에 한 번 전시 행사장에서 검은색 마스크를 끼고 찍은 사진을 올린 적이 있다. 사진 속 앙팡님은 가슴께 내려오는 긴 머리에 살짝 날카로운 눈매가 쿨해 보이는 여성이었다. 아, 앙팡님이 여성이라는 건 대화를 통해 알았다. 나는 남의 얼굴 사진만 보고 지정성별을 섣불리 규정짓지 않는다. 그건 내가 제일 경계하는 성별 이분법적인 태도니까. 아무튼 앙팡님은 미대생이거나 전시와 관련된 일을 하는 사람인 것 같았다.

── 두콩 @cccccutey333
귀여워요~ 저도 살 빼야 하는데 ㅠ

뜬금없이 나의 팔로워 '두콩'님이 멘션을 보냈다. 음……. 어쩌라는 걸까. 두콩님과 나는 맞팔 관계가 아니다. 그래도 두콩님은 자꾸 나에게 말을 건다. 두콩님은 셀카 중독자였다. 미안한 말이 지만 절대 잘생겼다고는 할 수 없는 외모의 소유자인데 하루에 수 십 장씩 셀카를 찍어 올렸다. 셀카에 보정을 너무 심하게 해서 외 계인처럼 징그러웠다. 남의 얼굴을 보고 이런 생각을 하는 내가 참 못됐다. 하지만 솔직히 나만 그런 생각을 하는 건 아닌 것 같 았다. 두콩님은 맞팔 트친도 거의 없고 아무도 그의 셀카에 좋아 요를 보내주지 않았다. 그래도 꾸준히 셀카를 올리는 두콩님의 멘탈이 대단하다고 할까, 안쓰럽다고 할까.

SNS 세상은 냉혹하다. 예쁘고 잘생긴 사람은 순식간에 팔로워 가 늘어나는데 두콩 같은 사람에게는 아무도 팔로우를 걸지 않는 다. 그러니 SNS에서는 사진 보정 능력이 무엇보다도 중요하다. 너 무 티 나지 않게 자연스러우면서도 예쁘게 찍은 셀카를 보면 감 탄이 나고, 실제로도 예쁘고 잘생긴 사람일 거라는 믿음이 생겨 난다.

물론 나도 귀엽고 예쁘다는 말을 듣고 싶다. 잘생겼다는 말도 나 쁘진 않지만 예쁘다는 말을 더 듣고 싶다. 적어도 셀카는 예쁜데 오프라인에서 실제로 봤더니 전혀 다르더라, 하는 비참한 뒷말은 듣고 싶지 않다. 아직 SNS 지인과 오프라인에서 만나본 적은 없지 만 앞으로 혹시 모르는 일이지 않나. 음…… 역시 다이어트를 해 야겠다. 내일부터 밥은 반 공기만 먹고 편의점 간식도 끊어야지. 나는 결의를 다지며 밀린 트위터 타임라인을 역주행해 나갔다.

어, 잠깐. 방금 지나간 거, 뭐였지? 노트북 위에 드러누워 업무를 방해하는 아기 고양이 사진과 한물간 아저씨 아이돌의 틱톡 영상과 두부를 갈아 만드는 비건 티라미수 레시피 유튜브 영상 틈에 끼어든 누군가의 거울 셀카가 나의 시선을 단숨에 낚아챘다.

내 엄지는 최면에 걸린 듯 멋대로 움직여 그 누군가의 계정 프로필을 클릭했다. 프로필에 '운동 중독자'라고 써놓은 그 사람의 계정에는 훌러덩 벗은 제 몸을 찍은 사진들이 즐비했다. 부풀어 오른 승모근과 웹툰 남자 주인공처럼 넓은 가슴, 개미처럼 날씬한 허리, 초콜릿처럼 네모지게 갈라진 복근을 찍은 사진마다 익명 계정들이 떼로 달라붙어 멘션 세례를 퍼부었다. '멋있네요', '끝내주네요', '쪽지 확인해 주세요', '핥아봐도 돼요?'…… 선 넘는 말들이 거침없이 오가고 있었다.

"다들 미쳤네."

혼잣말로 욕하면서도 나는 핸드폰 화면에서 눈을 떼지 못했다. 나도 모르는 사이 마른침이 꼴깍 넘어갔다. 나는 그 사람의 사진을 하나하나 뚫어져라 들여다보았다.

"아들! 학원 안 가고 뭐 해?"

갑자기 방문이 활짝 열리며 엄마가 습격했다. 나는 스프링처럼 튀어 올라 똑바로 앉는 것과 동시에 스마트폰 화면을 껐다. 등골에 식은땀이 흐르며 뒤집힌 목소리가 저절로 터져 나왔다.

"아, 진짜! 들어오기 전에 노크 좀 해달라고 내가 몇 번이나 말했어!"

"미안, 미안."

사과만 하면 다인가? 화가 나서 얼굴이 뜨끈뜨끈 달아올랐다. 완전히 프라이버시 침해다. 이 집에서 내 공간은 내 방 하나뿐인데. 엄마는 나의 분노와 수치심 따위 알 바 아니라는 태도로 손목에 꿴 까만 비닐봉지를 흔들었다.

"포도 사왔으니까 먹고 학원 가, 아들."

나는 입을 꾹 다물었다. 문득 엄마가 목을 빼고 내 방 안을 휘둘러보았다. 분노에 이어 불안이 엄습했다. 혹시 엄마가 내 핸드폰 화면을 본 건 아니겠지? 다행히 엄마는 별다른 말이 없었다. 그 대신 내 방문을 닫지 않고 반쯤 열어놓은 채 나가버렸다. '지켜보고 있다'는 무언의 메시지처럼. 엄마는 매번 저런다. 못 참겠어 정말. 나는 문고리를 쥐고 항의했다.

"문 좀 닫고 나가. 그리고 아들이라고 부르지 말라고, 제발!"

엄마는 아무 대답 없이 부엌에서 포도를 씻기 시작했다. 수돗물 소리로 내 항의의 말을 지워내려는 것처럼. 모멸감에 심장이 뛰고 어깨가 씰룩거렸다.

— 엄마 또 내 방문 맘대로 열고 들어옴. 환멸 난다 진짜...

나는 방문을 걸어 잠그고 트위터에 하소연했다. 때마침 앙팡님이 접속 중이었다. 앙팡님은 내가 올린 멘션에 득달같이 답글을 달아주었다.

— 우리 모친은 홧김에 제 방 문고리 부순 적도 있어요.

— 헉! 정말요...?

— 네. 프라이버시 개념이 0인 분이셔서. ^^

　와…… 앙팡님 엄마 세다. 앙팡님은 부모님과 사이가 별로 좋지 않은 듯했다. 얼마 전에는 새벽에 앙팡님이 감정 실린 트윗을 올렸는데, 엄마랑 싸우다 가구가 부서졌다는 내용이었다. 딸이랑 싸우다 가구를 때려 부수는 엄마라니 장난이 아니다. 앙팡님 엄마에 비하면 우리 엄마는 선녀인지도 모르겠다. 물론 우리 엄마가 매번 내 방문을 마음대로 열고 드나드는 건 정말 싫다. 어째서 부모님들은 자식에게도 인격이 있다는 사실을 인정 못 하는 걸까? 자식은 소유물이 아닌데.

　핸드폰에 카카오톡 알림 창이 연달아 떠올랐다. 우리 반 단체 카톡방이었다. 나는 내키지 않는 기분으로 단톡방에 들어갔다. 박시우가 퍼 나른 웃긴 짤방 이미지 때문에 대화 창이 터져 나가고 있었다. '미친', '쏠려', '게이 짤 금지' 애들이 자음을 연타하며 난리였다. 나는 조금도 웃을 기분이 들지 않았다.

　박시우가 올린 짤방은 턱수염을 기르고 머리를 양 갈래로 묶은 근육질 외국인 아저씨가 여성용 비키니 수영복 상의를 입고 찍은 사진이었다. 한참 예전에 트위터에서 본 적 있는 사진이었다. 사진 속 아저씨는 프로레슬러 겸 뮤지션이었다. 유튜브에서 그의 뮤직비디오를 봤는데 노래를 진짜 잘했다. 그는 자기 일을 훌륭하게 해내는 전문가다. 그러나 아이들은 근육이 발달한 아저씨가 양 갈래머리를 하고 여자 옷을 입었다는 이유로 그를 비웃음거리로 소비한다.

화가 치솟았다. 이런 일이 처음 있는 일도 아니었다. 남자아이들은 성차별적이고 소수자 혐오적인 농담을 입에 달고 산다. 여자아이들도 별반 다르지 않다. 대부분의 아이들은 자기들이 농담이랍시고 주고받는 말이 혐오와 차별에 가득 차 있다는 사실조차 인지하지 못한다. 하지만 이런 내 속마음을 드러냈다가는 단톡방 분위기가 싸하게 얼어붙겠지.

반 단톡방은 현실의 교실 풍경을 그대로 옮겨놓은 곳 같다. 교실에서 인싸인 아이들은 단톡방에서도 인싸고, 교실에서 아싸인 아이들은 단톡방에서도 똑같이 아싸였다. 아싸는 괜히 나서지 말고 적당한 이모티콘이나 한두 개 붙이고 뒤로 물러나 있는 편이 현명했다. 나는 속상함을 달래러 트위터 어플로 되돌아갔다. 때마침 앙팡님이 새로운 사진을 업데이트했다. 얼룩덜룩한 삼색 무늬 길고양이를 찍은 사진이었다. 역시 앙팡님 사진은 예쁘다니까. 나는 우선 좋아요부터 눌러놓고 고양이 얼굴과 핑크색 하트 이모티콘을 가득 채운 멘션을 앙팡님에게 보냈다. 앙팡님은 만만찮게 화려한 이모티콘 꾸러미로 화답해 주었다.

— 반 단톡방 너무 피곤한 것... 뭘 위해 존재하는지는 몰라도 아싸를 위해 존재하는 공간은 확실히 아닌 듯.

푸념하는 글을 올렸더니 접속해 있던 트친들이 말없이 좋아요를 보내주었다. 작은 하트가 깜박이는 수만큼 동의와 긍정의 마음이 늘어난다. 반 단톡방에서 받은 상처가 조금씩 나아지는 것을 느낀다.

사람의 마음이 라디오 전파처럼 고유한 주파수를 지니고 있다면 나의 주파수는 박시우 같은 인싸들하고는 완전히 다른 종류일 것이다. 내가 발신하는 신호는 돌고래의 초음파가 인간에게 들리지 않는 것처럼 다른 아이들에게는 전혀 통하지 않는다. 내가 좋아하는 것들, 특별하고 사랑스럽다고 생각하는 것들을 다른 아이들은 이해 못 한다. 양 갈래머리 아저씨처럼 놀림거리로나 삼지 않으면 다행이다.

그래서 나는 입을 다문다. 나의 소중한 것들을 비웃음거리로 만들고 싶지 않으니까. 입을 닫고 내 존재를 지운 채 사는 것이 힘들지는 않다. 워낙 어릴 때부터 그렇게 지내와서 익숙하니까. 하지만 아침부터 저녁까지 교실의 누구와도 대화하지 않은 채로 집에 갈 때, 재미있지도 웃기지도 않은 걸 억지로 재미있는 척하려고 노력하는 스스로를 발견할 때면, 외롭다. 슬프거나 비참하다는 생각이 들 짬도 없을 만큼 크고 무거운 외로움이 나를 집어삼킨다.

초등학교 3학년 때의 일이었다. 과학 시간에 선생님이 극지방의 야생 동물들을 찍은 외국의 다큐멘터리 영상을 틀어주셨다. 나를 사로잡은 건 북극곰도 바다사자도 아닌 펭귄이었다. 펭귄의 왕, 황제펭귄은 지구상에서 제일 추운 지역인 남극에 산다. 황제펭귄들은 해마다 봄이 오면 눈보라를 뚫고 조금이나마 덜 추운 북쪽 땅을 향해 백 킬로미터 넘게 이동한다. 눈부시게 하얀 땅 위에 수천, 수만 마리의 펭귄들이 새까만 먹구름처럼 무리 지어 걸어가는 광경은 장관이었다.

하늘 위에서 펭귄 무리 전체를 보여주던 카메라가 문득 땅으로 내려왔다. 꾸역꾸역 북쪽으로 이동하는 무리에서 펭귄 한 마리가 소행성에서 떨어져 나온 운석 조각처럼 튕겨 나왔다. 나는 너무 놀라 눈을 크게 뜨고 집중했다.

"때로는 비정상적인 개체들이 이상 행동을 보일 때가 있습니다."

다큐멘터리 진행자가 부드럽지만 어쩐지 차가운 목소리로 설명했다. '비정상적인 개체'라고 불린 녀석은 거대한 무리를 등지고 혼자 정반대 방향으로 걷기 시작했다. 그 녀석의 걸음은 심지어 점점 빨라지기까지 했다. 돌아와. 그쪽이 아니야! 나는 안타까워 어쩔 줄 몰랐다.

"드물게 태어나는 이런 펭귄들은 방향을 감지하는 뇌내 기관에 선천적인 장애가 있는 것으로 알려졌습니다. 모든 야생 동물들이 태어날 때부터 갖고 있는 천연의 나침반이 이 녀석에게는 없는 것이죠."

머리가 이상하게 태어난 펭귄은 얼음으로 뒤덮인 대륙을 홀로 걸었다. 엄마 아빠랑 친구들은 모두 올바른 방향으로 가고 있는데 혼자 고집스럽게 반대로만 갔다. 카메라는 외톨이 펭귄의 시점에서 남극의 광활한 풍경을 비추었다. 펭귄이 되돌아가려는 남쪽 땅

끝에는 보기에도 무시무시한 눈보라가 몰아치고 있었다. 남극의 겨울이 너무나 추워 펭귄 무리는 서로 꼭 껴안고 의지하며 걸어가는데 외톨이는 겁도 없이 혼자 눈보라를 뚫고 달렸다.

안 돼, 너 그러다 얼어 죽어. 빨리 돌아가, 이 바보야! 내가 아무리 안달을 내도 소용없었다. 무리도 녀석을 기다려주지 않았다. 무리와 외톨이 펭귄의 거리는 순식간에 벌어져 절대 따라잡을 수 없을 만큼 멀어졌다.

나는 울었다. 담임 선생님이 왜 우느냐고 캐물었지만 외톨이 펭귄이 꼭 나 같아서 울었다고는 자존심이 상해서 말할 수 없었다. 비정상적인 개체, 다른 동물들은 모두 갖고 태어나는 걸 빼먹은 외톨이. 차갑게 얼어붙은 세상 끝에서 홀로 쓸쓸히 죽어갈 운명만이 외톨이를 기다린다.

다행히 나는 죽지 않고 살아갈 방법을 온라인에서 찾아낼 수 있었다. 트위터에는 나와 같은 주파수를 공유하는 사람들이 많이 있다. 우리는 서로를 무지개라고 부른다. 무지개는 다양성을 상징한다. 동성애자, 양성애자, 무성애자, 범성애자, 트랜스젠더, 에이젠더, 논바이너리……. 그 밖에 나도 아직 잘 모르는 수많은 정체성들이 존재한다. 전파에도 빛깔이 있다면 우리의 신호는 프리즘처럼 무지개색으로 빛나지 않을까?

가끔 무지개가 아닌 이성애자나 시스젠더들 중에도 우리의 신호를 수신할 수 있는 사람들이 있다. 우리는 그런 사람들을 '퀴어 앨라이'라고 부른다. 앨라이는 영어로 '연대자'라는 뜻이라고 한다.

연대자는 쉽게 말하자면 '우리 편'이다.

우리 편, 내 편이 어딘가에 존재한다는 생각만으로도 마음이 놓인다. 우리 집이나 학교에도 내 편이 있다면 정말 좋을 테지만, 우리 가족들은 내가 무지개라는 사실을 모른다. 우리 엄마는 항상 나를 '아들'이라고 부른다. 아빠랑 누나도 가끔 성차별적이고 성소수자 혐오적인 말을 농담이랍시고 한다. 내가 성소수자라는 사실을 우리 가족들이 알게 되면 무슨 일이 일어날까? 하루에도 한 번씩 나는 상상한다. 그럴 때마다 숨이 막히고 심장이 얼어붙는다. 남극의 외톨이 펭귄이 되어버리는 기분이 든다. 굳이 말하자면…… 죽고 싶어진다.

그럴 때마다 나는 트위터에 접속한다. 무지개 친구들과 앨라이들의 존재를 확인하면 숨통이 트인다. 앙팡님도 앨라이라고 할 수 있다. 앙팡님은 소수자 인권에 관한 이슈도 리트윗을 잘 해주신다. 앙팡님 같은 친구, 내 편을 들어주는 친구가 오프라인에도 있다면 얼마나 좋을까? 가끔 그런 생각을 해본다. 욕심이라는 걸 알면서도.

5
영주

　나도 그럭저럭 쓸 만해 보이네.

　사물함 문짝에 붙은 손바닥만 한 거울을 들여다보며 옷매무새를 바로잡았다. 집에서 입고 온 아이보리색 블라우스에 '교육생'이라고 적힌 플라스틱 명찰을 달자 꼭 카페 직원처럼 보였다. 나 원 참, 세상 어느 정신 나간 카페에서 내일모레 나이 오십 먹는 아줌마를 웨이트리스로 쓰랴. 스스로의 주책스러움에 헛웃음이 나왔다. 썩 나쁘지 않은 기분이었다.

　— 엄마 첫 출근 파이팅!
　— 엄마 힘내요♡

가족 단톡방에 아이들이 보낸 응원 메시지가 도착해 있었다. 어깨에 힘이 들어간다. 기념할 만한 출근 첫날이었다. 내가 지원한 초저가 생활용품점은 서울 시내에만 백 군데가 넘는 지점들 중 매출 20위권 안에 드는 대형 매장이었다. 지하철역 앞 사거리에서 제일 큰 오피스텔 빌딩의 1, 2층 전체를 차지한 매장에는 매일 천 종이 넘는 신제품이 입고되었다. 어쩌다 이른 아침에 볼일을 보러 나오면 매장 앞에 큰 트럭이 서 있고 아줌마들이 분주하게 짐 상자를 나르는 풍경을 마주하고는 했다. 이제부터는 내 일상이 될 풍경이다.

재고 창고와 탕비실, 점장 사무실은 전부 지하층에 있었다. 화장실은 2층에만 있어 급할 때는 힘들겠다 싶었다. 점장과의 면담을 위해 지하로 내려가다 큰 상자 여러 개를 위태롭게 쌓아 들고 계단을 오르는 젊은 직원과 스쳐 지났다. 보통 일이 아니겠구나 싶었다.

점장은 작업복 점퍼를 걸친 내 또래 중년 여자였다. 막연히 양복쟁이 남자일 거라 생각했는데 의외였다. 부드러운 인상과 교양 있는 말투에 마음이 놓였다.

"고용 계약서예요. 한번 살펴보시고 서명하시면 되어요."

점장이 내준 고용계약서에는 급여 체계부터 유니폼 가격에 이르기까지 자세한 내용들이 총 네 페이지에 걸쳐 적혀 있었다. 과연 큰 회사는 다르구나 싶었다. 사인을 마치자 점장이 본격적인 실무 설명을 시작했다.

"잠깐 핸드폰 좀 꺼내봐 주실래요? 업무용 어플을 몇 개 깔아야 해요."

나는 점장이 시킨 대로 핸드폰에 직원 전용 어플을 다섯 개 깔고 직원 전용 아이디를 발급받았다. 출퇴근 보고부터 시작해 물품 재고 현황 등, 모든 업무 관련 기장은 스마트폰 어플로 보고하는 시스템이었다. 세상이 바뀌었다는 게 피부로 와닿았다.

"복잡스럽죠?"

핸드폰을 붙들고 끙끙거리는 나에게 점장이 위로의 말을 건넸다.

"그러게요. 어플이 한 개면 조금 편할 텐데……."

"내 말이 그 말이에요. 나처럼 오래 일한 사람도 헷갈려 하는데 딱 한 개로 통합하면 좀 좋아요? 어플 개발사들이 다섯 개 전부 제각각이랍니다. 그러니 아이콘 디자인도 중구난방이지."

점장은 거침없이 본사 정책을 비난했다.

"유니폼은 이삼일 안에 지급될 테니까 오늘 중으로 옷 사이즈 알려주세요. 참, 사이즈는 90, 95 두 가지예요. 기본 한 벌만 나오고, 본사 지침상 두 번째부터는 벌당 만 천 원씩 급여에서 빼가니까 참고하세요."

수많은 신입들 앞에서 반복해 왔을 기계적인 설명을 마친 점장은 한결 부드러워진 말투로 덧붙였다.

"탕비실 옷걸이 뒤져보면 휴직한 분들이 놓고 간 유니폼이 있어요. 여벌 필요하시면 그거 갖다 빨아 입으셔도 돼요. 괜한 돈 쓰기 아깝잖아요."

"네, 알겠어요. 감사합니다."

"본사 놈들 더럽게 쪼잔하죠? 파트타이머 옷값까지 뜯어가고, 아주 치사한 새끼들이라니까."

점장은 부드러운 인상에 어울리지 않는 욕을 해가며 거침없이 본사를 비난했다. 하루 이틀 쌓인 응어리가 아닐 터였다. 문득 프랜차이즈 가맹점주들이 본사의 갑질 횡포로 고생한다는 뉴스 내용이 떠올랐다. 이 사람도 일하며 애들 키우느라 고생이겠지.

나는 허리에 차는 용구 가방과 매장 내부 지도를 받아들고 탈의실로 돌아왔다. 점장은 첫날에는 딱히 일할 것 없이 지도 들고 돌아다니며 제품 위치만 알아놓으라고 했지만 눈치 없이 시키는 일만 하지 말고 다른 직원들이 어떻게 일하는지 눈여겨두고 얼굴도 익혀놓아야 할 것이었다.

자, 이제 위로 올라가볼까. 지도를 들고 일어서는데 탈의실 문이 벌컥 열리고 낯선 직원이 들어왔다. 그는 정수기 위에 쌓여 있던 종이컵을 빼 들고 냉수를 연거푸 두 잔 퍼마시더니 땅이 꺼지는 한숨을 내쉬었다.

"아이고 죽겠네."

직원의 이마 꼭대기에 땀방울이 송골송골 맺혀 있었다. 일이 얼마나 힘들면 저럴까. 나는 안쓰러우면서도 머잖아 내 몫이 될 일의 하중을 어림잡아보았다. 한순간 그와 나의 눈이 마주쳤다.

"안녕하세요. 저 오늘부터 일해요."

먼저 인사를 건네자 체격이 크고 광대뼈가 불룩하니 드세 보이는 인상에 쑥스러운 웃음이 번졌다.

"예, 안녕하세요. 아까 점장님한테 새로 오셨다고 들었어요. 유니폼은 아직 못 받았죠?"

나는 그의 가슴에 달린 이름표를 흘끔 보았다. 홍수미. 외우기 쉬운 이름이었다.

"예. 옷은 며칠 지나야 나온대요. 저 55사이즈 입는데, 유니폼은 90 입으면 될까요?"

수미는 시원스레 답했다.

"한 사이즈 크게 입는 게 좋아요. 여기 옷이 작게 나오거든요."

"그럼 95 입어야겠다."

"그러셔요. 아이고, 한숨 돌렸으니 또 나가봐야지. 점심 때 봐요."

수미는 주먹으로 옆구리를 두드리며 밖으로 나갔다. 나도 허둥지둥 수미를 쫓아 1층으로 올라갔다. 매장은 대형 마트 못지않게 광활했다. 손님으로 올 때는 매장도 넓고 물건도 많다고 좋아했는데 직원 처지가 되니 눈앞이 아찔했다. 점장이 준 매장 지도는 기계 회로판처럼 복잡했다. 매장 구조를 익히려면 하루 이틀로는 어림도 없을 것 같았다.

오픈까지는 한 시간 가까이 남았지만 직원들은 분주하게 움직이고 있었다. 점장도 직원들과 똑같이 일하느라 여념 없었다. 나는 일하는 사람들에게 방해될까 이리저리 도망 다니느라 바빴다. 바늘방석을 깔고 앉은 기분이었다. 혼자 놀고 있으니 시간은 얼마나 느리게 흐르는지. 진열대는 너무 많고 복잡하고, 지도는 좀처럼 눈에 들어오지 않았다. 직접 일하며 배우는 편이 훨씬 빠를 성싶었다.

마침내 오픈 시간을 알리는 음악이 흐르고 손님들이 삼삼오오 들어오기 시작했다. 한 중년 여자 손님이 두리번거리며 다가오더니 나에게 불쑥 말을 붙였다.

"마늘 빻는 봉은 어디 있어요?"

"마늘 빻는 봉 말씀이십니까?"

'고객의 질문을 받으면 질문 내용을 똑같이 반복하는 미러링으로 응대합니다.' 나는 신입사원 교육장에서 강사가 가르쳐준 내용을 고스란히 따라 하고는 아래위 구분도 가지 않는 지도를 이리저리 들여다보며 속을 태웠다. 실은요, 제가 오늘 처음 출근한 초짜라서요…… 해서는 안 되는 변명이 목구멍을 간질였다.

"마늘 봉 12번 코너에 있어요."

때마침 카트를 밀고 옆 통로를 지나던 수미가 끼어들었다. 미처 고맙다는 말을 건넬 틈도 없이 그는 카트를 밀고 엘리베이터에 올라탔다. 나는 볼펜으로 지도 귀퉁이에 '마늘봉-12번'이라고 적었다. 글씨가 너무 작아 눈이 아팠다. 내일은 잊지 말고 돋보기를 챙겨 와야지.

"뷔페다, 뷔페."

감탄이 절로 나왔다. 세 사람분의 반찬통 아홉 개를 한데 모아놓으니 점심 뷔페 식당 못지않았다. 깔깔거리는 내 옆에서 덩달아

신이 난 지은이 핸드폰으로 인증 사진을 찍었다. 나도 쫓아서 한 장 찍었다.

"매일 먹는 밥인데 뭘 그리 난리들이야?"

수미도 말로는 면박을 주면서 입으로는 실실 웃었다. 우리는 컵라면 이름이 적힌 나무젓가락을 쪼개 들고 점심을 먹기 시작했다. 제일 먼저 식사를 마친 수미가 가방에서 푸르뎅뎅한 귤 여러 개를 꺼내 풀어놓았다.

"웬 귤이에요?"

"울 언니가 보내줬어요. 맛은 별루예요."

귤까지 먹고 나니 배가 너무 불러 내가 싸 온 딸기는 냉장고에 넣어뒀다가 나중에 먹기로 했다. 탕비실 한구석에 놓인 소형 냉장고는 스무 명이 넘는 직원들의 도시락통과 먹고 남은 반찬이 담긴 통이며 과일, 녹즙 봉투 따위로 터져 나가기 일보 직전이었지만 정리 정돈을 업으로 삼은 여자들은 어떻게든 빈 공간을 창조해 내었다.

일을 시작한 지 어느새 보름이 지났다. 점심시간마다 같은 시간대에 일하는 수미, 나보다 세 살 어린 지은과 함께 탕비실에서 도시락을 먹었다. 셋 다 비슷한 또래 아이 엄마들이고 성격들도 소탈해 함께 지내기 어렵지 않았다.

"여긴 직원들끼리 부딪치거나 기분 상할 일은 거의 없어요. 점장님 성격이 워낙 좋으시기도 하고…… 영주 씨도 계속 일하면 알게 되겠지만 일이 너무 바쁘고 힘들어서 싸울 힘도 나지 않거든."

일을 시작한 지 며칠 되지 않았을 적에 수미가 귀띔해 준 말이었다. 그의 말대로 일은 녹록지 않았다. 오전 팀의 공식적인 근무시간은 아침 10시부터 오후 4시까지였지만 실제 일하는 시간은 최소 한 시간은 더 되었다. 아침 8시에 젊은 남자 아르바이트생들이 트럭에서 신상품 상자를 부려놓으면 아줌마 직원들이 카트에 상자를 쌓아 매장 안으로 실어 나르고, 상자에서 꺼낸 제품들을 진열한다. 남은 재고는 지하 창고로 보내고, 모자란 제품은 창고에서 찾아 진열대에 채우기를 반복하다 보면 눈 깜짝할 사이 점심시간이 되었다. 점심시간이 아니면 직원들끼리 서로 이름 한번 불러볼 일도 없었다.

신입사원 교육장 강사는 고객 응대를 강조했다. 기본 인사법부터 장바구니를 건네는 법까지 상세한 매뉴얼이 있었다. 특히 중요한 일은 소위 '진상'이라고 불리는 악성 고객 응대였는데, 강사는 실제 매장마다 설치된 CCTV에 찍힌 진상들의 모습을 보여주며 겁을 주었다. 겉보기에는 멀끔한 양반들이 얼마나 황당한 방식으로 억지를 부리는지 기가 막혔다.

그래도 막상 나와서 일해 보니 고객 응대는 그리 힘들지는 않았다. 우리 매장 주요 고객은 오피스텔에 입주한 사무실에서 일하는 이삼십 대 청년들과 인근 사는 가정주부, 노인 들이었다. 청년 손님들은 자기네 엄마뻘 아줌마들에게 말 붙이는 일 자체를 어려워했고, 어쩌다 질문을 할 때는 죄송한데요, 감사합니다 하고 인사도 잘했다. 나이 든 손님 중에는 상대적으로 무례한 사람들이 가끔 있기는 하지만 기본적으로 이곳을 찾는 사람들은 대부분 돈과 시간에 쫓기는 사람들이었다. 소위 갑질도 여유가 있어야 나오는 법이었다.

내가 당면한 골칫거리는 무릎의 통증이었다. 일을 시작한 지 일주일도 되지 않아 양쪽 무릎에 시커멓게 피멍이 들었다. 일한 지 사흘째 되던 날의 일이었다. 종일 쪼그려 앉은 자세로 제품 진열을 하다 다리에 쥐가 나서 무릎을 꿇고 앉아 일하는데 바로 옆 코너에서 일하던 직원이 조용히 다가와 속삭였다.

"그렇게 앉으면 금방 무릎 나가요."

"어머, 그래요?"

"이렇게 한쪽 무릎 세우고 앉아야 오래 가요."

오래 간다는 건 무릎 관절을 말하는 걸까. 나는 그이처럼 한쪽 무릎을 세운 자세로 고쳐 앉으려다 그만 균형을 잃고 엉덩방아를 찧었다. 차가운 땅바닥에 주저앉은 채로 나도 모르게 커다란 한숨을 내쉬었다. 아파서 그런 게 아니라 퍼질러 앉으니 너무 편안해서 한숨이 나온 것이었다.

나는 주저앉은 채 슬그머니 좌우를 살펴보았다. 아직 이른 시간이라 손님도 직원도 눈에 띄지 않았다. 옳다구나, 나는 아예 양반다리를 틀고 앉았다. 궁둥이를 땅바닥에 붙인 것만으로 온몸이 날아갈 듯해지며 일할 맛이 돋았다. 물건을 진열하는 손놀림에도 힘이 붙었다.

"그렇게 앉으시면 안 됩니다."

머리 위에서 냉랭한 목소리가 떨어졌다. 부점장이었다. 나는 허둥지둥 자세를 고치며 사과했다.

"죄송합니다."

부점장은 대답 없이 휙 가버렸다. 부점장은 이십 대 청년으로 키가 크고 멀리서도 눈에 띄는 붉은 색 아이섀도를 매일 칠하고 다녔다. 내가 면접 보던 날 벽만 보고 일하던 젊은 직원이 그이였다. 동료들의 뒷말에 의하면 성격도 인상 못지않게 강한 모양이었다. 어쨌거나 부점장은 나에게 무슨 개인적 감정이 있어서 지적을 한 게 아니다. 직원들이 퍼질러 앉아 있으면 고객들 보기 좋지 않다는 본사의 지침을 전달한 것뿐이니. 본사 지침이라는 건 실은 핑계고 일하는 여자들이 조금이라도 편하게 있는 꼴을 봐주지 않겠다는 닦달 같았다. 그렇게 야단을 맞고 난 뒤로 나는 아무리 무릎이 아파도 퍼질러 앉아 일하는 실수는 저지르지 않게 되었다.

오늘은 잊지 말고 퇴근할 때 무릎 보호대를 사가야지. 나는 욱신거리는 무릎을 문지르며 다짐했다. 우리 매장에서 파는 무릎 보호대는 삼천 원짜리랑 오천 원짜리 두 종류가 있는데, 싼 게 비지떡이라고 조금이라도 더 비싼 물건이 나을 것이었다.

여기서 일하려면 다양한 보조용품이 필요했다. 무릎 보호대부터 종일 상자와 물건을 나르다 보면 먼지투성이가 되는 손을 보호해 줄 작업용 장갑, 상자를 열 때 쓰는 커터칼 등의 물건들은 전 직원 필수품이었다. 한데 이러한 물건들을 본사에서는 지급해 주지 않았다. 그래서 직원들은 매장에서 재량껏 용품을 사서 썼다.

파트타이머 알바생도, 정직원도, 심지어 점장까지도 그래야 했다. 몇 분 전까지 일터였던 곳에서 쇼핑을 하는 게 어색하게 느껴졌던 것도 처음 하루 이틀뿐이었다. 퇴근하고 매장에서 간단하게 저녁 장을 봐가는 직원들도 많았다.

"영주님, 영주님! 식품 코너로 와주세요."

퇴근을 한 시간 남짓 앞두었을 때 식품 코너에서 일하는 동료의 긴급 호출을 받았다. 식품 코너는 야근하는 직장인들에게 인기가 많아 금방 일손이 달렸다. 가보니 수십 개가 넘는 과자 상자들이 쌓여 있었다. 우리는 쭈그려 앉아 부지런히 손을 놀렸다. 선입선출(先入先出), 유통 기한이 임박한 물건은 빨리 팔리도록 앞에 놓고 유통 기한이 많이 남은 물건은 뒤에 놓는다. 식품은 더욱 철저하게 선입선출을 지켜야 했다.

나는 초콜릿 포장지에 깨알만 하게 찍힌 제조 일자를 힘겹게 노려보았다. 일하다 보면 이 일이 얼마나 몸을 소모하는 일인지 뼈저리게 느껴졌다. 눈 밝고 다리 튼튼한 청년들은 이 일을 잘 하지 않는다. 우리 매장에는 부점장을 빼면 이십 대 청년이 딱 한 명뿐이었다.

"지나갑니다! 지나가요!"

때마침 유일한 이십 대 직원 아이가 짐 쌓인 카트를 끌고 목청을 높이며 통로를 가로질렀다. 화장을 전혀 하지 않아 중학생처럼 앳되어 보이는 저 아이는 종일 사방팔방으로 뛰어다니며 아줌마들 뺨치게 억척으로 일했다. 저 아이를 볼 때마다 비슷한 또래인 우리 딸이 생각난다. 한창 꾸미고 연애하는 재미로 보낼 나이에 어쩌다 이리 고된 사회생활을 시작했을까?

매일 아침 트럭에서 상자 수백 개를 부려놓는 남자 알바생들도 전부 이십 대 청년들이었다. 일하는 청년들을 보면 장하기도 하고 안쓰럽기도 했다. 한번은 첫째한테 "네 또래 누구는 공부할 시간에 돈 버느라 바쁘다"며 한 소리 했다가 본전도 못 건졌다. 꼰대 같은 소리 하지 말라나. 아이들이란 부모 마음을 모르지. 자식한테 일을 시키느니 그냥 내가 나와 일하는 게 낫다고 생각한다는 걸.

허리춤에서 스마트폰 알람이 귀청을 때렸다. 그와 동시에 매장 이곳저곳에서 알람 소리가 터지기 시작했다. 마치 재난문자가 올 때 같은 풍경이었다. 아줌마들은 차례로 일손을 멈추고 허리에 찬 가방에서 핸드폰을 꺼내 들었다.

이곳 파트타이머들에게는 퇴근 시간 몇 분 전에 핸드폰 알람이 울리도록 설정해 놓는 암묵적인 규칙이 있었다. 출퇴근 시간에서 오 분이 지나면 근태 확인 어플에 입력이 되지 않도록 프로그램 창이 비활성화되어 버리는 탓이었다. 그래서 미리미리 핸드폰에 알람 설정을 해놓는 것이었다. 혹여나 깜박하고 집에 핸드폰을 두고 나오기라도 하면 골치 아픈 일이 벌어졌다. 제시간에 출근하는 것보다 제시간에 핸드폰 어플에 접속하는 것이 더 중요하다니, 본말전도라는 말이 제격이었다.

내가 젊었을 적에는 이력서도 리포트도 전부 손으로 썼다. 이제는 핸드폰 없는 사람은 멀쩡히 출근한 직장에 출근했다는 증명도

할 수 없는 세상이 되었다. 주민등록증은 없어도 핸드폰은 있어야 한다. 나도 인생의 절반을 핸드폰과 함께 살았지만 그래도 핸드폰이 사람의 존재를 대체하는 감각에는 좀처럼 적응이 되지 않는다. 그래도 어쩌겠어? 먹고살려면 적응해야지. 아이들과 얼굴을 맞대고 이야기하고 잔소리하는 대신 메신저 창에 이모티콘 스티커를 붙이는 데 적응된 것처럼.

어플에 퇴근 입력은 칼같이 하지만 실제로 칼퇴근을 하는 직원은 한 명도 없었다. 퇴근 시간이 십 분 지난 뒤에야 하나둘씩 허리를 펴고 일어났다. 탕비실로 내려가다가 계단참 천장에 붙어 있는 CCTV 카메라와 눈이 마주쳤다. 매장 여기저기 매달린 CCTV들을 보면 아무 죄도 없는데 괜스레 찔리는 기분이 들었다. 명목은 절도범과 진상 고객들 때문에 설치한 CCTV라지만 겸사겸사 직원들의 기강을 잡는 목적도 있을 것이었다.

탕비실에서는 수미가 재킷을 반쯤 걸치다 만 채 심각한 얼굴로 핸드폰을 보고 있었다. 포스(POS: 계산대) 담당인 수미의 출퇴근 시간은 나보다 삼십 분 빨랐다.

"아직 퇴근 안 하셨어요?"

내가 말을 붙이자 수미는 그제야 입다 만 재킷 소매에 팔을 꿰어 넣으며 푸념했다.

"정산액이 어긋나서 늦어졌지 뭐예요. 고객이 현금으로 반품을 받아갔는데, 물건만 돌려주고 돈은 안 돌려받은 채로 가버렸어요. 오후에는 셀프계산대 두 대가 동시에 먹통이 되지를 않나. 난리굿

65

판이 따로 없었다니까요."

"그래서 정산은 잘 마쳤어요?"

"네. 고객이 되돌아와서 돈 받아갔어요. 근무 시간 안에 돌아와서 그나마 다행이었지."

우리는 옷을 갈아입고 올라와 식품 코너에서 장을 보았다. 수미는 까치발로 서서 높은 곳에 진열된 딸기잼 과자를 끄집어냈다. 내가 물었다.

"과자 사가게요?"

"이거 우리 딸이 좋아해서 나도 한번 먹어봤는데 괜찮더라고요. 양도 많고."

"그래요? 나도 하나 사볼까나."

"잡숴봐요."

수미는 과자 한 봉지를 내 몫으로 꺼내주었다. 키가 큰 수미는 진열 일도 잘했다. 짧은 팔다리로 용쓰는 나를 지나가다 도와준 적도 있었다. 매장에는 직원용 접이식 사다리들이 배치되어 있지만 척 봐도 위험해 보여 선뜻 손이 가지 않았다.

셀프계산대에서 계산을 마친 수미가 가방에 과자 봉지를 집어넣으며 혀를 찼다.

"오늘 번 돈 다 털리고 가네."

우리는 함께 매장을 나섰다. 수미랑 같이 퇴근하는 건 처음이었다. 수미와는 출근 첫날 제일 먼저 안면을 텄지만 소속 팀이 달라 오픈 전 총동원 시간과 점심시간밖에는 마주칠 일이 없었다. 매일 점심을 같이 먹으면서도 서로가 어디 사는지는 모르는 게 이 일하는 사람들에게는 자연스러운 일이었다.

내 퇴근길 방향으로 수미가 걷기 시작했다. 수미는 보폭이 큰 걸음으로 단숨에 나를 앞질러 우리 동네로 향하는 마을버스 정류장에 줄을 섰다.

"수미님도 마을버스 타고 가세요?"

내가 먼저 운을 뗐다. 수미는 고개를 끄덕이며 되물었다.

"네. 영주님은 마을버스 몇 번 타요?"

"저는 2번이요."

"나도 2번 타요. 어디까지 가는데요?"

"저는 주민센터 앞에서 내려요."

"어머 그래요? 우리 가까운 데 살았네. 난 정은약국 앞에서 내려요."

때마침 2번 버스가 정거장에 도착했다. 우리는 앞서거니 뒤서거니 버스에 올라탔다. 운 좋게 딱 하나 남은 2인석을 차지할 수 있었다. 수미네 집이 있는 정은약국 앞까지는 이십 분 정도, 우리 동네까지는 네 정거장을 더 가 이십오 분 정도 걸렸다. 여자 둘이 수다를 떨기에는 충분한 시간이었다.

"딸은 몇 살이에요?"

나는 수미의 가방 틈새로 비어져 나온 딸기잼 과자 봉지를 보며 물었다. 수미는 시원스레 대답했다.

"우리 딸요? 올해 고등학교 올라갔어요."

"우리 둘째도 이번에 고등학교 들어갔어요. 첫째는 대학생이구요."

"그래요? 우리 딸은 상진고 다녀요."

"어머. 우리 막내도 상진고예요. 둘이 서로 알지도 모르겠다."

내가 반가워하자 수미도 반색을 했다.

"그러게! 그 댁 막내는 딸이에요, 아들이에요?"

"아들이에요. 남자애가 얼마나 예민하신지. 사춘기 되니까 맞춰 주기 힘드네요."

"요즘 애들이 상전이죠. 나도 집에 가면 딸내미 눈치만 보고 살아요."

아이들 이야기로 수다의 물꼬가 트였다. 해마다 오르는 교복값을 성토하다 수미가 앞서 내렸다. 혼자 남은 나는 가족 단톡방에 들어갔다.

— 퇴근. 과자 사가는 중!

하루 종일 핸드폰에 코를 박고 사는 둘째가 제일 먼저 대답해 줄 줄 알았는데 다들 묵묵부답이었다. 나는 팔짱을 끼고 심통 부리는 캐릭터 이모티콘과 함께 '뭐야? 나 혼자 다 먹는다'라고 써 보냈다. 여전히 아무도 대답이 없다. 섭섭할 일도 아니다. 다들 공부하고 일하느라 한창 바쁠 시간이었다.

가족 단톡방을 빠져나와 우리 매장 직원 단톡방에 들어갔다. 조용한 가족 단톡방과 딴판으로, 스물다섯 명이 동시 접속 중인 단톡방 화면에 백 개 넘게 밀린 메시지들이 어지럽게 수놓여 있었다. 나는 출근 첫날 고용 계약서에 서명하기도 전에 직원 단톡방 초대부터 받았다. 단톡방에서는 업무 분장과 매출금 정산부터 시작해 절도범 제보까지 매장에서 일어나는 모든 일들이 공유되었다. 매일 아침 8시에 점장이나 부점장이 단톡방에 오전 팀 업무 분장표를 올리면 본격적인 하루가 시작되고, 밤 10시 넘어 파트장이 매출금 전체 정산 내역을 보고한 뒤 점장이 확인을 완료했다는 답을 올리면 기나긴 하루가 끝났다.

나는 흘러간 단톡방 내용을 부지런히 따라잡았다. 낮 2시쯤 어떤 고객이 깜박하고 계산대에 지갑을 놓고 갔다가 4시에 무사히 지갑을 찾아갔다는 보고가 지갑 사진과 함께 올라와 있었다. 어제는 '상황'이 발생했다. 상황이란 가게 물건을 슬쩍하는 절도 행위를 칭하는 직원들의 은어였다. 부점장이 찍어 올린 CCTV 영상에서는 너무나 평범하게 생긴 아주머니가 주변을 부자연스럽게 흘끔거리며 이천 원짜리 손톱깎이를 만지작거리고 있었다. 도둑이 사고를 치기 전에 눈치를 줘서 스스로 그만두게 만드는 것도 우리 일이었다. 매일 똑같은 일과를 보내는 듯하면서도 예측 불허의 사건들이 끊임없이 벌어지는 일터는 아침 드라마 세트장 같았다.

"기사님, 저 내려요!"

버스 문이 닫히고 있었다. 나는 후다닥 일어나며 소리 질렀다. 세상에 내 정신 좀 봐. 단톡방 보다가 내리는 걸 잊을 뻔했다. 직원 단톡방을 보고 있으면 소속감 비슷한 감정이 느껴진다. 일터에서 느끼는 소속감이라니 얼마나 오랜만에 느껴보는 감정인지. 아이들을 다 키운 뒤 제일 버거웠던 때는 텅 빈 집에 나 홀로 앉아 있는 시간이었다. 한창 육아할 때는 그토록 간절했던 나 혼자만의 시간이 참을 수 없는 낭비처럼 느껴졌다. 더 괴로운 건 나의 시간만이 아니라 나의 존재 자체가 낭비로 느껴지는 것이었다.

이 일은 힘든 일이다. 말 그대로 시간과 몸을 갈아넣는 일이다. 수미처럼 오래 일한 베테랑들도 입을 모아 이 일은 아무리 오래 해도 익숙해지지 않는다고 했다. 온몸이 욱신거려서 무단결근을 하고 싶어지는 날도 부지기수였다. 하지만, 그래도 집에 있으면 틀어놓은 수돗물처럼 버려지는 시간에 구천이백오십 원씩 쳐주는 게 어디야. 안 그래?

이렇게 자꾸만 자신을 훈계하게 되는 건 어째서일까. 몸이 힘든 탓이겠지. 이것도 참 안 좋은 버릇이야. 나는 욱신거리는 무릎에 파스를 붙이며 다시 한번 스스로를 타일렀다.

6
지예

　점심시간, 굶주린 앵무새들의 합창은 공해 수준이다. 맛없는 급식을 볼이 미어지도록 입안에 욱여넣고 소리를 지르는 앵무새와 원숭이 들을 바라보며 나는 이어폰을 하나씩 귀에 꽂았다.

　나는 항상 길어도 십 분 만에 점심식사를 마친다. 나는 중학교 적부터 급식은 질색이었다. 우선 못생긴 스테인리스 식판이 싫다. 아무리 맛있는 음식도 이따위 식판에 담아놓으면 입맛이 떨어진다. 나는 반 넘게 밥을 남긴 식판을 반납하고 매점에서 모카크림빵과 커피우유를 사들고 교실로 올라갔다.

　3월의 마지막 날이었다. 꽃샘추위가 한풀 꺾이고 따뜻한 햇볕이 교정에 내리쬐였다. 남자애들은 전부 운동장으로 뛰어나갔고 여자애들은 셀카 명당인 벚나무 화단 앞에 모여 수다를 떠느라 여념이 없었다. 매일 어울려 놀면서 뭐가 저렇게 신날까? 하긴, 트위터 친구들도 매일 했던 얘기를 또 하면서 즐거워한다. 친구들이란 원래 그런 고장 난 라디오 같은 존재인지도 모르겠다.

나는 빨대 꽂은 커피우유 팩을 교실 창가에 올려놓고 사진을 한 장 찍었다. 오늘 볕이 좋아서 사진이 잘 나왔다. 어플로 편집한 사진을 인스타그램에 올렸다. 지난 주말 동안 인스타 팔로워가 세 명이나 떨어져 나갔다. 고등학교 올라온 뒤 신경 쓸 일이 많아져서 전시를 잘 못 보러 다녔더니 금방 이 모양이다. 사람들이란 참 치사하다.

이번 주말에는 꼭 전시를 보고 와야겠다고 마음먹으며 나는 트위터에 들어갔다. 초등학생을 성희롱해 면직당한 교사가 단 몇 개월 만에 복직했다는 뉴스가 공분을 사고 있었다. 트위터는 날마다 새로운 사건 사고가 터지는 전쟁터였다. 내가 좋아하는 광순 작가는 뉴스를 리트윗한 뒤 '혐오가 이성을 지배하는 세상'이라는 코멘트를 덧붙였다. 나도 고개를 끄덕이며 그 뉴스를 리트윗했다.

딱 삼십 초 전에 트친 민찌의 새로운 셀카 사진이 떴다. 교복을 입고 찍은 사진이었다. 웬일이지? 민찌는 한 번도 트위터에 교복을 입고 찍은 사진을 올린 적이 없는데, 어쩐 일로 교복 입은 사진을 올렸을까? 자연스레 얼굴보다 교복에 먼저 눈이 갔다. 케첩 색깔 같은 촌스러운 빨간색 타이에 진초록색 재킷. 이거…… 어디서 많이 본 교복인데?

"아!"

나도 모르게 부르짖었다. 민찌가 입은 교복은 우리 학교 교복이었다. 민찌가 걸친 교복 재킷의 왼쪽 가슴께에는 명찰까지 떡하니 붙어 있었다. '이우현'.

잠깐만. 우리 반에도 이우현이라는 애가 있지 않아? 나는 아직 우리 반 애들의 얼굴도 다 못 외웠다. 어차피 별로 친하게 지내고 싶은 마음도 없으니까. 하지만 빌어먹을 반 단톡방 때문에 애들 이름은 싫어도 다 외웠다. 설마…… 트위터의 '민찌'가 우리 반 '이우현'이라고?

충격 속에서도 나의 손가락은 반사적으로 좋아요부터 눌렀다. 잠시 후 '존재하지 않는 메시지'라는 문장이 트위터 화면에 떠올랐다. 그새 민찌가 제 사진을 삭제한 것이었다. 이어서 다급한 멘션이 올라왔다.

— 아 ㅠㅠ;;;; 방금 사진 잘못 올림;;;;;;;;;; 좋아요 눌러주신 트친님들 죄송해요...;;;

역시 실수로 올린 사진이었구나. 나는 즉시 민찌에게 개인 쪽지를 보냈다.

— 민찌님... 혹시 상진고등학교 다니세요?

대화 상대방이 현재 키보드를 치고 있다는 말줄임표가 민찌의 대화 창에 떠올랐다가, 잠시 멎었다가, 다시 뜨기를 반복했다. 민찌의 혼란스러운 감정이 생생히 전해져 왔다. 갑자기 자기 신상을 물어보니 엄청 놀랐을 거다. 괜히 쪽지를 보냈나, 조금 미안해진 나는 다시 한번 쪽지를 보냈다.

— 불편하시면 대답 안 하셔도 괜찮아요.

— ......

— 음... 그게, 실은 저도 상진고등학교 다니거든요. 교복 본 순간 반가워서 그만.

— ... 정말요?

— 네. 저는 1학년인데...

— 헉;;;; 저도 1학년인데...

— 설마 1학년 3반인 건 아니시겠죠?

— ......;;;;;;;;;;;;;;;;

— 민찌님? 괜찮으세요?

— ....저도 3반이에요.

말도 안 돼! 나는 목을 빼고 교실을 휘 둘러보았다. 지금 이 순간 나와 똑같이 주변을 두리번거리는 남자애가 있다면 걔가 바로 민찌님이겠지? 그러나 교실에 있는 세 명의 남자애들은 모두 책상 위에 엎드려 죽은 듯 자고 있을 뿐이었다. 저 셋 중에 민찌가 있을까? 나는 민찌에게 쪽지로 물어보았다.

— 민찌님, 혹시 지금 교실이세요?

— 아뇨. 저 지금 매점에 와 있어요.

민찌는 지금 교실에 없구나. 심장이 두근거리며 손에 땀이 고였다. 마치 탐정이 된 것 같은 기분이었다. 나는 너무 흥분한 티가 나지 않도록 최대한 침착한 말투를 유지하며 민찌에게 쪽지를 보냈다.

— 아 그렇구나. 전 지금 교실이거든요.

— 와... 너무 대박이네요. 앙팡님이랑 같은 학교 같은 반이었다니...

— 저야말로 충격이라고요.

— 아, 그게요, 저는 지금까지 앙팡님은 성인이신 줄 알았거든요.

— 아니 그건 왜죠? ㅋㅋ

— 음, 앙팡님 계정은 말투도 그렇고 어쩐지 분위기가 어른스럽달까. 저 같은 청소년이실 거라고는 상상도 못 했어요.

— 그렇군요ㅋㅋ 그런데 이제 우리가 굳이 존댓말을 써야 할 필요가 있을까요?

— 어... 그러게요? 아니, 그러게?

나는 키득거리며 민찌와 쪽지를 주고받았다. 알고 보니 온라인 친구와 같은 학교 같은 반이었다니. 이 신기하고 특별한 사건을 다른 사람들에게도 알리고 싶은 마음이 샘솟았지만 우선 민찌랑 실제로 만날 때까지는 참기로 했다.

민찌와 나는 오늘 수업을 마친 뒤 학교 후문에 있는 어린이 놀이터에서 만나기로 약속했다. 어차피 같은 반인데 왜 곧바로 교실에서 만나지 않느냐고? 바보 같은 의문이다.

그동안 친구로 지내온 건 트위터의 앙팡님과 민찌님이지, 상진고등학교 1학년 3반 민지예와 이우현이 아니다. 현실의 우리는 입학식 날부터 지금까지 제대로 된 인사 한마디 나누어본 적 없는 사이인걸. 게다가 민찌는…… 비록 자신을 남자로 규정하지 않는 '무지개'지만……. 어쨌거나 우리 학교라는 '현실'에서는 남자아이잖아. 그동안 전혀 친한 티 안 냈던 남자애랑 여자애가 하루아침에 서로 친한 척을 한다? 세상에서 제일 불필요한 짓이다. 앵무새들에게 군이 꼬투리를 줄 필요는 없다.

나는 수업이 끝나자마자 놀이터로 달려갔다. 빈 그네에 앉아 핸드폰을 하며 이우현이면서 민찌인 그 애를 기다렸다.

"혹시…… 앙팡님?"

누군가 내가 멘 백팩을 살짝 건드리며 말을 걸었다. 작은 병아리나 햄스터를 다루듯 조심스러운 손길이었다. 쿵. 겨우 가라앉혔던 심장이 익은 감 떨어지듯 내려앉았다.

나는 조심스레 뒤를 돌아보았다. 기린처럼 목이 긴 남자아이가 겁에 질린 듯 주저하는 시선으로 나를 내려다보고 있었다.

"민찌님?"

내가 묻자 그 아이가 고개를 끄덕였다. 나는 다시 한번 확인했다.

"이우현?"

"응. 나 이우현. 너는 민지예…… 맞지?"

"맞아."

"진짜 대박이다."

"그러게."

대박이라는 말은 질색이지만 이번만큼은 대박이라는 걸 인정하지 않을 수 없었다. 우리는 놀이터 옆 편의점에서 아이스크림을 하나씩 사들고 마을버스 정류장까지 걸으며 수다를 떨었다.

"네가 갑자기 교복 입은 사진을 올려서 엄청 놀랐어."

"나도 놀랐어. 실수로 잘못 올린 거라서. 원래 교복 입은 사진은 절대 트위터에 안 올려. 혹시라도 아웃팅당할까 봐."

"아웃팅?"

한발 늦게 '아웃팅'이라는 용어의 뜻이 생각났다. 아웃팅은 민찌, 그러니까 이우현 같은 성소수자들의 성 정체성이 자신의 의지와는 상관없이 타인에 의해 밝혀지는 일이다. 성소수자들에게는 가장 두렵고 무례한 짓일 것이었다. 우현은 손가락으로 교복 재킷 자락을 잡아당기며 혼잣말처럼 중얼거렸다.

"남자 교복이라 싫기도 하고……."

"음, 올리자마자 몇 초만에 지웠으니까 남들은 거의 못 봤을 거야."

"제발 그래야 할 텐데."

이우현은 한숨을 쉬었다. 나는 어색하게 위로했다.

"여러모로 신경 쓰이는 일이 많겠다."

"응. 난 신경 안 쓰고 살고 싶은데, 남들이 자꾸 신경 쓰게 만드네."

"그거 무슨 말인지 나도 알아. 그래서 나는 최대한 남들이랑 섞이지 않으려고 해."

이우현은 아이스크림 막대를 입에 문 채 나를 바라보았다.

"너도 그래?"

"응. 다른 사람들이랑 나는 뭐랄까, 성질이 다른 느낌? 유화 물감이랑 수채화 물감처럼 섞이지 않아."

"나도 그래. 어떻게든 남들이랑 섞여보려고, 무리에 스며들어보려고 아무리 노력해도 잘 안 돼."

"쓸데없는 노력이야. 그 시간에 그냥 내가 좋아하는 일을 하는 게 훨씬 나아."

"그러게……."

이우현은 작은 목소리로 말꼬리를 흐렸다. 남자애치고 우유부단한 성격인 것 같다. 아, 이런 식으로 생각하는 건 무척 실례지. 자꾸 까먹게 된다. 남자 교복을 입고 있는 이우현은 어쩔 수 없이 남자아이처럼 보이니까. 일단 이우현은 나보다 키가 훨씬 크다. 땅딸막한 울 아빠보다 더 큰 것 같다. 어깨랑 등도 넓고, 손발도 길쭉하고 크다.

반면 이우현의 말투와 태도는 무척이나 조심스럽고 부드럽다. 입만 열면 막말이 랩처럼 흘러나오는 우리 엄마보다 백 배는 조신해 보인다. 가까이 다가올 때 언뜻 풍기는 냄새도 남자애들 특유의 불쾌한 냄새랑은 전혀 다르다. 아마 여성용 화장품을 쓰는지도 모르겠다. 책가방에 달린 토끼 솜인형도 딱 여자아이 취향이다. 나도 나지만 너도 참, 남들이랑 섞이기 어렵겠네. 나는 박시우를 비롯한 우리 반 원숭이와 앵무새 들을 떠올리며 속으로 이우현을 위로했다.

마을버스 정거장에 도착한 이우현과 나는 본격적으로 속이 출출해졌다. 우리는 집에 바로 가지 않고 전철역 앞 맥도날드에서 프렌치프라이와 콜라를 시켜놓고 한참 동안 수다를 떨었다. 트위터에서 일어난 사건 사고들, 웃기거나 기분 나쁜 트친 이야기, 재미있게 본 유튜브 이야기, 패션과 화장품 이야기까지 할 말이 끊이지 않았다. 떠들다 보니 배가 또 고파져서 애플파이를 추가로 사먹었다.

이우현과 나는 카톡 아이디를 교환하고 앞으로도 계속 학교에서는 서로 모르는 척하기로 합의했다. 엄밀히 말하자면 '모르는 척'이라는 표현은 옳지 않다. 우리는 트위터를 통해 학교에서도 학교 밖에서도 변함없이 이어져 있으니까. 우리는 처음부터 이우현과 민지예가 아닌 앙팡과 민찌로서 만났기에 그런 식으로 소통하는 편이 훨씬 편안하고 자연스러웠다.

어느새 하늘이 캄캄해졌다. 슬슬 각자의 집과 학원으로 돌아갈 시간이었다. 맥도날드를 나온 우리는 작별 인사를 나누었다.

"그럼 이따 탐라에서 봐."

먼저 인사하고 가려는데 문득 생각나는 게 있었다. 나는 손뼉을 치며 이우현을 불러 세웠다.

"아, 맞다! 너 혹시 다음 주말에……."

"응? 뭔데, 뭔데?"

이우현이 냉큼 되물었다. 그 애 등 뒤에서 우리 학교 애들 한 무리가 걸어오고 있었다. 나는 빠르게 말을 돌렸다.

"아냐. 이따 톡이나 트위터 쪽지로 말할게."

이우현은 "응" 하고 손을 흔들며 멀어져갔다. 나는 걸어가면서 곧바로 민찌, 그러니까 이우현에게 트위터로 쪽지를 보냈다.

— 혹시 다음 주말에 전시 보러 갈 생각 있어?

딱 일 초 만에 우현이 답쪽을 보냈다.

— 있음! 완전 있음!

뭐야, 이렇게 빨리 답할 것까지는 없는데. 오버하는 민찌의 반응을 보니 웃음이 나왔다. 비웃음은 아니었다. 정말 기분이 좋아서 웃는 게 얼마 만일까? 시끄럽게 떠드는 앵무새들이 어깨로 내 백팩을 툭 치고 지나갔지만 별로 신경 쓰이지 않았다. 오늘은 봐준다. 이우현이랑 친구가 되었으니까. 앞으로는 우현이라고 불러볼까? 붕붕, 몸이 땅에서 떠올라 하늘 위를 걷는 기분이었다.

7
우현

여기가 맞나?

나는 앙팡님이 알려준 갤러리를 찾느라 한참 헤맸다. 지도 어플을 이리저리 돌려보며 가까스로 갤러리가 있다는 상가 건물을 찾아내고 너무 놀랐다. 아무리 봐도 미술 작품을 전시하는 곳 같아 보이지 않아서였다.

며칠 전 나는 앙팡님이랑 미술 전시회 구경을 가기로 약속했다. 나에게 있어서는 태어나서 처음 해보는 경험이다. 초등학교 때 엄마가 누나랑 같이 박물관에 데려간 적은 있지만 또래 친구랑 따로 전시 같은 걸 구경하러 간 적은 아직 없다. 조금 어른이 된 듯한 기분에 괜히 어깨에 힘이 들어갔다.

먼저 전시회에 가자고 말을 꺼내준 건 앙팡님이었다. 이제는 지예라고 불러도 되려나. 전시 관련 정보 계정을 운영하는 트위터리안 앙팡님은 알고 보니 나랑 같은 반 학생 '민지예'였다. 신기한 우연이다. 앙팡님의 온라인 이미지는 항상 어른스럽고 쿨해서 당연히 나보다 나이 많은 어른일 거라고 생각했는데.

오프라인의 지예는 온라인의 앙팡님이랑 캐릭터가 겹치는 부분도 있고, 의외로 다른 부분도 있었다. 우선 지예는 학교에서 나 못지않게 조용한 편이었다. 굳이 분류하자면 아싸인 것 같다. 나 혼자 멋대로 상상한 앙팡님의 외모는 키가 모델처럼 크고 허스키 보이스를 지닌 여성이었는데 지예는 키도 덩치도 조그맣고 갸름한 턱과 작은 손을 지녔다. 목소리도 높고 가늘다. 전부 내가 시스젠더 여성들을 볼 때마다 부러워하는 요소들이다.

— 미안! 차가 밀려서 조금 늦을 듯.

지예의 카톡이 도착했다. 나는 난생처음 와본 남의 동네 한복판에 홀로 선 채 주변을 두리번거렸다. 떨리기도 하고, 조금 무섭기도 했다.

상가 건물 1층에는 낡은 슈퍼마켓과 손님이 하나도 없는 커피숍이 있고, 위층에는 당구장이랑 뭘 하는 곳인지 잘 알 수 없는 사무실들이 있었다. 그냥 어느 동네에서나 흔히 볼 수 있는 평범한 상가 건물이었다. 이런 곳에 미술 작품을 전시하는 공간이 있다고?

문득 건물 1층 입구 안쪽에 붙은 간판이 눈에 띄었다. 가까이 가보니 오늘의 목적지인 갤러리의 간판이었다. 글씨 크기도 너무 작고, 일부러 알아보기 어렵게 만든 것 같았다. 어딘가 오만한 간판이다. '아는 사람만 알아서 들어와' 하고 말하는 것 같다.

계단 위에서 한 남자 어른이 귀에 에어팟을 꽂으며 바쁜 걸음으로 내려왔다. 그는 길 한 편에 선 채 전화통화를 시작했다. 어쩐지 전시장에서 내려온 사람 같아 보였다. 나는 핸드폰으로 간판 사진을 찍는 척하며 슬쩍 그를 훔쳐보았다. 키는 크지 않지만 깔끔하게 다듬은 수염이 귀여웠다. 우리 동네나 학교 근처에서는 보기 힘든 부류의 어른이었다. 비일상적이고 비정형적인, 특별한 어른.

그는 바지 뒷주머니에서 연초 담배를 꺼내 입에 물고 라이터에 불을 켜며 내 쪽을 흘끗 쳐다보았다. 나는 황급히 눈길을 피했다. 멋있어 보였는데…… 흡연자라니, 실망이다. 남자가 내뱉은 담배 연기가 내가 선 곳까지 흘러왔다. 나는 연기를 피해 남자에게서 멀리 떨어진 길가로 도망쳤다.

지예와 만나기로 한 시간이 이십 분 넘게 지났다. 왜 이렇게 늦을까. 어디쯤 왔느냐고 독촉하는 카톡을 보내려는 찰나, 맞은편 길가에 지예가 나타났다.

"여기야!"

내가 먼저 손을 흔들자 지예도 손을 마주 흔들며 찻길을 가로질러 내 쪽으로 달음질쳐 왔다. 작은 몸으로 열심히 종종거리며 달리는 지예가 작은 강아지 같아 웃음이 났다.

"많이 기다렸지?"

지예가 늘 끼고 다니는 까만색 마스크 속에서 숨을 가쁘게 몰아쉬며 물었다. 나는 손바닥으로 부채질을 해주며 고개를 저었다.

"아냐. 괜찮아. 그런데 진짜 여기 맞아?"

"응. 여기 맞아."

지예는 앞장서서 위층으로 올라갔다. 지예는 단차가 높은 예스러운 계단을 두세 층씩 껑충껑충 잘도 뛰어 올라갔다. 뭐지 지금 나, 토끼를 쫓는 앨리스가 된 것 같잖아. 건물 3층에 도착하자 아무런 표지도 간판도 붙어 있지 않은 현관문이 반쯤 열린 채 손님을 기다리고 있었다.

문을 열자 앨리스가 빠진 우물 속 세상처럼 기묘한 세계가 펼쳐졌다. 창문 하나 없이 컴컴하고 너른 공간의 벽면에 그림 여러 점이 걸려 있었다. 대체 어디서 이렇게 많은 사람들이 찾아온 걸까? 사람 하나 없는 바깥이 거짓말인 것처럼 수많은 사람들이 작품들을 감상하고 있었다.

"이리 와봐."

넋이 나가 있는데 내 가방끈을 지예가 확 잡아당겼다. 그렇게 끌려간 곳에는 케이크와 과자와 음료수가 한가득 차려진 커다란 테이블이 놓여 있었다.

"와…… 진짜 앨리스가 된 것 같아."

바보스러운 나의 혼잣말은 다행스럽게도 사람들이 떠드는 소리에 지워졌다. 사람들은 테이블 주변에 둘러서서 음식을 먹고 있었다. 지예는 스스럼없는 태도로 테이블에 쌓여 있는 일회용 플라스틱 컵 하나를 빼 들고 옆에 놓인 펩시콜라 페트병을 기울여 콜라를 따랐다.

"먹어도 돼?"

머뭇거리며 묻자 지예는 피식 웃더니 컵을 하나 더 꺼내 내 몫의 콜라를 따라주었다. 알록달록 예쁜 색깔의 컵이었다. 나는 컵을 든 채 『이상한 나라의 앨리스』의 내용을 떠올렸다. 우물에 빠진 앨리스는 테이블에 놓인 정체불명의 음료수를 마시고 거인으로 변신한다. 이걸 마시면 나도 천장에 머리가 닿는 거인으로 변하는 건 아닐까? 지금보다 더 덩치 커지는 건 정말 싫은데!

자꾸만 바보 같은 생각이 든다. 하지만 나쁜 기분은 아니었다. 눈에 보이는 모든 것들이 낯설고 신기하고, 그래서 좋았다. 나는 지예와 함께 콜라를 들이켰다. 케이크랑 과자도 먹었다. 전부 비싼 카페에서 파는 것처럼 고급스러운 맛이 났다.

"돈도 안 냈는데 이렇게 막 먹어도 돼?"

내가 자꾸 걱정하자 지예는 내 어깨를 툭 치며 안심하라는 듯 말했다.

"그럼. 원래 오프닝 파티에서는 이러는 거야."

파티? 지금 내가 와 있는 곳이 파티장이라고? 파티는 영화나 드라마 속에서만 열리는 거 아니었어? 역시 이곳은 앨리스가 사는 딴 세상이다. 우리는 콜라 컵을 들고 전시장 한가운데로 걸어 들어갔다. 관람객들은 우리 말고는 전부 다 어른 같아 보였다. 외국인들도 몇 있었다. 머리를 박박 민 사람, 연예인처럼 화려한 색으로 머리를 염색한 사람, 아방가르드한 옷차림을 한 사람. 팔다리에 타투를 가득 새긴 사람도 있었다. 부모님이나 선생님들처럼 평범하게 생긴 어른은 거의 없었다. 나도 오늘 나름 신경 쓰고 나왔는데, 펭귄 후드티가 너무 어린애처럼 보일 것 같아 걱정이 들었다.

"혹시 저 사람 누군지 알아?"

사람들을 구경하던 나는 지예의 옷 소매를 살짝 잡아 흔들며 속삭였다.

"누구?"

"저기, 발렌시아가 티 입은 사람 옆에 있는 투블록 컷 여자분. 어쩐지 트위터에서 사진 본 것 같아서."

"아, 저 사람 '에프'님이잖아. 오늘 여기 온다고 그러셨는데, 타임라인에서 못 봤어? 에프님도 미술 작가야. 유튜브도 하고."

"와, 그렇구나……."

지예의 말을 들어보니 관람객 중에는 트위터 네임드들이 꽤 있다는 모양이었다. 온라인에만 존재하는 줄 알았던 사람들이 현실에 모여 있는 걸 보니 신기하기도 하고 긴장도 되었다. 네임드들은 오프라인에서도 구면인 듯 살가운 얼굴로 대화를 나누고 있었다.

나는 지예를 따라 본격적으로 작품을 감상하기 시작했다. 아무리 봐도 뭔지 잘 모르겠는 그림들이 대부분이었다. 전시장에는 그림뿐만이 아니라 조각이나 영상 작품들도 있었다. 한 편에 있는 작은 방에는 사람의 코와 입을 커다랗게 클로즈업해 찍은 영상이

재생되고 있었다. 예술 까막눈인 나를 위해 지예가 열심히 설명해 주었지만 큰 도움은 되지 않았다.

나는 인터넷 기사에서 보았던 핑크빛 그림을 찾아보았다. 그림을 찾는 건 어렵지 않았다. 전시장 안쪽 벽에서 눈을 찌르는 강렬한 핑크빛이 나를 부르고 있었다.

가까이 다가가 보니 그림은 내가 상상했던 것보다 훨씬 컸다. 높이도 너비도 내 키를 훌쩍 넘겼다. 광활한 캔버스 한가득 형광 핑크색이 칠해져 있었다. 핑크빛 벌판 한가운데에는 손톱만 한 정육면체 상자 하나가 덩그러니 놓여 있었다. 멀리서는 전혀 보이지 않던 상자였다. 나는 눈을 크게 뜨고 그림 앞에 바짝 다가가 작은 상자를 들여다보았다.

"나 그때 킹스크로스에 있는 플랏에서 자취했거든."

"하, 킹스크로스 그립네. 다 쓰러져가는 스튜디오도. 님은 그때 줄리언이랑 뉴욕 전시 준비하고 있었죠?"

"그랬죠. 플러싱에 내 인생 쌀국수집 있었는데 망했잖아. 그놈의 코로나 때문에."

"아우. 코로나가 여럿 잡았죠. 코로나 터지기 딱 한 달 전까지 레지던시 기획안 만드느라 정신없었는데……. 지금은 다 일장춘몽 같네요."

"그러니까요. 이렇게 살아남은 것만 해도 어디예요."

내 곁에서 어른들이 열띤 대화를 나누고 있었다. 어딘지도 모르겠는 외국 도시들의 이야기를 동네 편의점 얘기하듯 주고받는 그들을 뒤로한 채 나는 그림에 빠져들었다. 그림 속 상자도 핑크색이었는데 배경에 칠해진 핑크와는 조금 다른 색조의 핑크색이었다. 내가 제일 좋아하는 색이 한가득 칠해진 그림과 그림 속 작은 상자에 나는 완전히 사로잡혀 눈을 떼지 못했다. 그림 제목은 〈Substance〉였다. 뜻을 몰라 인터넷 번역기로 돌려보니 '물질, 실체, 본질'이라는 뜻풀이가 나왔다. 여전히 알쏭달쏭하게만 느껴지는 말들이었다. 내가 공부를 더 잘했으면, 지예처럼 미술에 관심이 많았으면 그림에 담긴 심오한 뜻을 이해할 수 있을까? 잘 모르겠다. 지금 내가 할 수 있는 일은 그저 그림을 오랫동안 보고 또 보는 것뿐.

한순간 그 손톱만 한 핑크색 상자가 내 마음속 깊이 들어오는 것 같았다. 나는 그림을 간직하기 위해 핸드폰을 꺼내 들었다. 그림이 무지하게 큰 탓에 몇 발짝 뒤로 물러나 사진을 찍어야 했다.

"어머나 놀라라."

내 머리 위에서 호들갑스러운 목소리가 울렸다. 핸드폰만 보며 뒷걸음질을 치다 지나가던 사람과 부딪힌 거였다. 그 사람은 커다랗게 뜬 눈을 빠르게 깜박이며 나를 내려다보았다. 이마 꼭대기까지 커다랗게 치뜬 눈이 꼭 도널드 덕 같았다. 나는 황급히 고개를 숙여 사과했다.

"죄송합니다."

"뭘, 괜찮아요."

그 사람은 대수롭지 않다는 듯 웃으며 가버렸다. 착 달라붙는 반바지에 감싸인 커다란 엉덩이가 잽싼 걸음을 따라 아래위 좌우로 리드미컬하게 흔들렸다. 걷는 모습도 딱 도널드 덕이었다. 친구들과 합류한 도널드 덕은 백 미터 전방에서도 들릴 법한 높은 목소리로 수다를 떨었다.

"저 사람 알아?"

지예가 물었다. 나는 고개를 저었다.

"아니. 처음 보는 사람."

"그래? 저분도 퀴어라서 혹시나 했어."

나는 새삼스러운 기분으로 도널드 덕과 그의 지인들을 바라보았다. 도널드 덕처럼 지정성별은 남자면서 높고 호들갑스러운 말투로 깔깔 웃는 사람, 여자면서 스포츠머리에 남자 옷을 입고 어딘가 폼 잡는 태도로 끄덕거리는 사람, 어깨를 덮는 긴 머리에 치마인지 바지인지 헷갈리는 옷을 입은 사람, 그들의 얼굴과 옷차림은 모두 제각각이었지만 하나의 공통점이 있었다. 모두가 성별 이분법에서 벗어나 있다는 점이었다. 꼭 나처럼, 내가 그리하고 싶어 하는 것처럼.

무지개로 추정되는 사람을 오프라인에서 본 건 처음이었다. 지금까지는 학교나 학원에서 어쩐지 나와 같은 부류라는 느낌이 드는 아이를 봐도 나 혼자 속으로 '혹시 쟤도……?' 하고 상상만 할 뿐이었다. 온라인에서도 그렇지만 오프라인에서 처음 보는 사람에게 말을 걸려면 엄청난 용기가 필요하니까. 더군다나 상대방도 나 같은 무지개라면 몇 배의 용기가 필요하다.

나는 어른 무지개들을 바라보았다. 그들이 무슨 이야기를 나눌까 너무나 궁금했다. 그들은 당당하고 자신감이 넘쳐 보였다. 나처럼 남의 눈치를 보며 어깨를 움츠리고 불안해하는 사람은 아무도 없었다. 나도 언젠간 어른이 되면 저 사람들처럼 스스로를 당당하게 드러낼 수 있을까?

밤이 깊어오자 사람들은 하나둘 전시장을 떠났다. 전시에 참여한 작가들과 지인들은 뒤풀이 장소로 이동하고 관람객들은 뿔뿔이 흩어져 전철역과 버스 정거장으로 향했다. 나랑 지예는 전철역 플랫폼 벤치에 앉아 전철을 기다렸다. 지예는 열심히 트위터와 인스타 업데이트를 하면서 나에게 물었다.

"전시 어땠어?"

"재미있었어."

지예는 '할 말이 그게 다야?'라고 책망하는 듯한 얼굴로 나를 쳐다보았다. 하지만 말로는 전할 수 없는 느낌도 있는걸. 나를 사로잡은 핑크빛 상자 그림이 바로 그런 느낌을 한가득 품은 작품이었다. 나는 핸드폰을 꺼내 상자 그림을 찍은 사진을 지예에게 보여주었다.

"난 이 그림이 제일 좋았어."

"아, 이건 우지인 작가 작품이야. 우지인 작가도 트위터 해."

"그래? 그렇구나. 음…… 왜 그런지는 나도 잘 모르겠는데 아무튼 이 그림에 무작정 끌렸어. 그림 색도 내가 제일 좋아하는 핑크색이고…… 뭘까, 그림이 살아서 나를 부르는 것 같았거든. 여기 한가운데 조그만 상자가 있잖아. 이 상자 속으로 막 빨려 들어갈 것 같더라."

지예는 웃었다.

"이렇게 작은 상자에 어떻게 들어가려고 그래?"

"극한 다이어트 해서 어떻게든 구겨 넣어보지, 뭐."

"야, 너 거기서 살 더 빼면 진짜 공기처럼 소멸된다니까?"

"난 아무리 많이 빼도 뼈대가 커서 소멸될 일 없음."

나는 상자 그림을 찍은 사진을 하염없이 바라보았다. 배경 가득한 핑크빛이 작디작은 상자를 폭 감싸 안고 보호해 주는 것처럼 보였다. 내 핑크색 후드티에 조그맣게 새겨진 펭귄이 떠오르기도 했다.

"이렇게 큰 그림은 대박 비싸겠지?"

지예는 어깨를 으쓱하며 대답했다.

"그럼. 천만 원은 할걸?"

"미쳤다. 천만 원이나 하는 그림을 집에 걸 정도면 얼마나 부자여야 하는 거야?"

나는 혀를 내둘렀다. 지예는 웃으며 말했다.

"천만 원이면 미술 작품 중에서는 저렴한 편이야. 몇억 원, 몇백억 원짜리 그림들도 많아."

"몇백억? 미쳤다."

"작품에 그만한 가치가 있다고 생각하고, 돈도 많으면 상관없잖아?"

"하긴, 나도 만일 로또 1등에 당첨되면 천만 원 내고 이 그림 살 것 같아. 이 그림뿐만 아니라 다른 그림들도 실제로 보니까 멋있고 대단하고…… 아무튼 사진으로 보는 거랑은 또 달랐어. 사진으로는 전해지지 않는 힘 같은 게 느껴졌어."

지예는 고개를 연신 끄덕이며 맞장구를 쳤다.

"그치? 실제로 보면 확실히 뭔가 다르지?"

"응. 실제로 보지 않았다면 절대 알 수 없었을 것 같아. 그리고 전시 보러 온 사람들도 다 쿨하고 멋있더라."

"그치? 그치?"

내 전시 감상을 듣는 지예는 무척이나 행복해 보였다. 지예가 좋아하니 나도 기분이 좋아졌다. 우리는 앞으로도 쭉 친구로 지낼 수 있을 거라는 믿음이 생겼다. 어쩌면 베프가 될지도 몰라.

"맞다. 우리 동네에서 뭐 먹고 갈래?"

나의 제안에 지예는 격하게 동의했다.

"좋아! 과자랑 콜라만 먹었더니 배고프다. 우리 김천에서 치즈 라볶이 먹자. 어때?"

"완전 좋음! 난 참김도 먹을래."

"너 다이어트 한다며?"

"내일부터 하기로."

우리는 전철과 버스를 두 번 갈아타고 동네에 도착했다. 우리 엄마가 일하는 천원숍 옆에 있는 분식집에서 라볶이와 참치김밥을 시켜 먹었다.

"시금치 싫어해?"

지예는 자기 몫의 김밥에서 시금치를 젓가락으로 신중하게 골라내고 있었다. 내가 묻자 지예는 정색을 하며 말했다.

"싫어하는 정도가 아니라 증오해. 중학교 때 급식으로 시금치 스파게티가 나온 적이 있었어. 그거 먹고 배탈 나서 조퇴한 다음부터는 푸르뎅뎅한 시금치 색을 떠올리기만 해도 속이 뒤집어져."

"나한테는 오이가 딱 그런 존재야. 초딩 때 엄마가 오이 안 넣었다고 거짓말하고 오이 마요네즈 샐러드 먹인 적 있거든."

"와. 그건 너무하셨네. 그래서?"

"먹자마자 바로 토했어. 그 전까지는 눈 꼭 감고 참으면 어떻게든 먹을 수 있었는데, 그 일 이후로는 오이가 진짜 조금만 들어가도 못 먹게 됐지 뭐야."

"그건 너네 엄마가 잘못했다."

"그치? 어른들은 왜 그런 사기를 치는지 몰라. 재미있나? 자기들이 똑같은 짓을 당하면 엄청 화낼 거면서."

내 말에 고개를 연신 끄덕이며 동의하던 지예는 불현듯 핸드폰을 확인하더니 표정을 있는 대로 구겼다.

"씨발. 또 발작하네."

"왜?"

지예 입에서 튀어나온 거친 말에 나는 놀랐다. 지예는 핸드폰을 제 가방 속에 집어 던지고 이마에 손을 짚었다.

"존나 가출하고 싶다."

"무슨 일인데?"

"엄마가 톡으로 갈궈. 9시밖에 안 됐는데 당장 기어들어 오라고 난리야. 이거 좀 봐! 완전 분조장이라니까?"

지예는 나에게 자기 엄마와의 카톡 대화 내용을 서슴없이 보여주었다. 지예 엄마는 '왜 안 들어와?', '어디서 뭐 하냐?' 하고 닦달했고, 지예는 그런 엄마에게 '신경 꺼', '정신과 치료나 받아'라고 막말을 하며 싸우고 있었다. 나는 안타까워하며 말했다.

"우리 누나도 고3 때 분노조절장애 엄청 심했어."

"그래?"

"응. 막 소리 지르고, 별것도 아닌 일로 성질을 부려가지고 엄마 아빠가 말도 함부로 못 붙일 정도였어. 웃긴 게, 수능 치더니 싹 나아졌잖아. 지금은 그 시절 얘기 꺼내면 자기가 언제 그랬냐고 오리발 내민다니까."

"하…… 우리 엄마도 수능 다시 쳐야 하나?"

"뭐야. 그런 게 어딨어."

나는 웃었지만 지예는 포크에 라면 가락을 둘둘 감은 채 심각하게 말했다.

"농담 아냐. 우리 엄마 수준 개빻았거든. 나한테 집착하는 게 장난 아냐. 외모 단속도 병적이고, 내가 전시 보러 다니는 것도 싫어해. 공부 안 하고 놀 거면 다른 애들처럼 평범하게라도 놀라나? 도대체 평범한 게 뭔데? 자기처럼 결혼해서 애 낳고, 짜증 나는 남편이랑 평생 닭이나 튀기며 사는 거?"

"닭? 너네 부모님 치킨집 하셔?"

"응. 지금은 아빠랑 대판 싸우고 안 나가지만."

"부모님이 싸웠어?"

"매일 싸워. 엄마가 자꾸 갈구니까 아빠도 그냥 가게에서 혼자 술 마시고 아침에 들어와. 뭐 솔직히 아빠도 개노답이라 엄마 빡치는 것도 이해는 가지만."

"그렇구나……."

"맨날 싸우고만 살 거면 그냥 이혼하라고 내가 엄마한테 조언했더니 엄마가 뭐라는 줄 알아? '야, 넌 인생이 쉬워 보이지? 부럽다, 부러워' 하면서 존나 빈정거리는 거야. 빡치게 진짜. 지는 아빠랑 싸울 때마다 내일 당장 이혼 도장 찍자고 소리 지르면서."

지예는 눈을 부릅뜨고 부모님을 욕했다. 친해진 뒤 처음으로 지예가 그다지 쿨하지 않아 보였다. 앙팡님이라면 이런 식으로 이야기하지는 않을 텐데. 물론 지예도 앙팡이고, 앙팡도 지예라는 걸 알지만, 그래도.

"만일 부모님 이혼하시면 너는 엄마랑 아빠 중에 누구랑 살 거야?"

조심스럽게 물어봤더니 지예는 일 초도 주저하지 않고 대답했다.

"난 당연히 혼자 살 거야."

"혼자 살려면 집이 있어야 되잖아."

"그러게…… 씨발. 인생이 말처럼 쉽지가 않네."

지예는 침울하게 중얼거리더니 테이블 위에 턱을 괴고 엎드렸다. 당황한 나는 사과했다.

"미안. 사실 아까 너희 부모님 치킨집 하신다는 얘기 들었을 때 매일 공짜로 치킨 먹을 수 있어서 부럽다고 생각했어."

"야, 너 그딴 말 했으면 내 손에 죽었을 거야."

"어떡해? 이미 말해 버렸네."

나는 두 손으로 입을 가리는 시늉을 하며 웃었다. 지예는 그런 나를 어이없다는 듯 노려보다가 푹 웃고 말았다. 웃음은 아슬아슬하게 벌어졌던 우리 둘 사이의 거리를 단숨에 바짝 끌어다 놓았다.

나는 단무지를 한 입 먹다 말고 한숨을 쉬며 말했다.

"우리 엄마도 내가 다른 남자애들처럼 평범하게 살기를 바라겠지?"

"뭐 그렇지 않을까? 엄마니까."

"엄마 아빠들은 왜 다 똑같은 생각, 똑같은 말만 할까?"

"그러게 말이야. 결혼해서 애 낳으면 다 그렇게 사고방식이 납작해지나? 난 절대 결혼 안 하고 애도 안 낳을 거야. 엄마처럼 산다니 상상만 해도 소름 끼쳐."

지예는 정말로 온몸에 소름이 돋는 것처럼 제 어깨와 팔을 마구 문질러댔다. 나는 그 문제에 관해서는 조금 생각이 달랐다.

"음, 난 결혼은 아직 잘 모르겠지만 아기는 괜찮은 것 같아. 귀엽잖아. 어차피 결혼도 출산도 나랑은 상관없는 이야기지만……."

"맞다. 예전부터 궁금했는데……. 물어봐도 돼?"

"응."

"너는 자신을 남자라고 생각하지 않잖아. 그러면 너는 여자인 거야?"

나는 잠깐 망설이다가 작은 소리로 대답했다.

"그럴 때도 있고, 꼭 그렇지는 않을 때도 있어."

괜히 목소리에 신경이 쓰였다. 막상 오프라인에서 '퀴어'나 '젠더' 같은 말을 입에 담기는 쉽지 않은 일이었다. 바로 앞 테이블에서 혼자 김밥을 먹는 아줌마도, 옆 테이블에서 핸드폰 게임을 하는 남자 배달원도 신경이 쓰였다.

"남자가 아니라면 결국 여자인 거 아냐?"

"음……. 꼭 그런 것만은 아니라고 생각해."

지예는 '그러면 넌 대체 뭔데?'라고 되묻는 듯한 표정으로 나를 바라보고 있었다. 나도 나의 존재가 헷갈리는데, 남은 얼마나 알쏭달쏭할까. 나야말로 속 시원하게 딱 잘라 대답해 주고 싶지만 그럴 수가 없다. 두 개로 딱 떨어지지 않는 걸 억지로 잘라 떼어낼 수는 없다. 그런 건 나에게는 자연스럽지 않은 일이다.

'당신에게는 자연스러운 일이지만, 나에게는 자연스러운 일이 아닙니다.' 단지 그런 사실을 알리는 게 얼마나 어려운지, 무지개가 아닌 지예는 이해할 수 있을까? 이도 아니고 저도 아닌 존재, 애매함과 망설임 그 자체가 바로 나라는 것을, 이렇게 넓고 복잡한 세상을 남성과 여성이라는 두 개의 창으로만 바라보는 사람들에게 어떻게 전할 수 있을까? 그런 사람들도 쉽게 이해할 수 있도록 말할 수 있는 능력이 나에게 있다면 얼마나 좋을까? 그런 능력은 어디서 배울 수 있는 걸까? 그리 생각하자 문득 내 눈 앞에 앉아 있는 지예가 오늘 전시장에서 만난 어른들보다 더 낯설고 먼 사람처럼 느껴지고, 가슴속에 스산한 바람이 불었다.

지예는 눈썹 사이에 가느다란 주름을 잡은 채 중얼거렸다.

"쉽지 않네."

"쉽지 않지."

"둘 중에 한쪽을 꼭 선택해야만 한다는 거, 폭력이야."

그 말을 듣는 순간 서늘해진 내 가슴속에 다시 따스한 기운이 퍼졌다. 나는 반갑게 고개를 끄덕이며 말했다.

"맞아. 학교 애들은 말할 것도 없고……. 솔직히 온라인도 별다르지 않은 것 같아. 트위터에서도 무슨 이슈 터져서 싸울 때마다 '입장을 확실히 밝혀라' 하면서 강요하잖아."

"입장이 확실하면 편하니까."

"나는 전혀 편하지 않은데."

"나도 그래."

우리 입에서 동시에 한숨이 흘러나왔다. 인생, 뭐 하나 쉬운 것이 없다.

"남들처럼 사는 게 나한테는 정말 어려운 일인데, 우리 엄마는 너무 쉽게 생각하는 것 같아."

내가 말했다. 지예는 캔 사이다에 빨대를 꽂다 말고 조심스레 물었다.

"너네 엄마는 네가 퀴어라는 거, 알아?"

나는 반사적으로 주변을 둘러보았다. 아줌마 손님은 계산하는 중이었고 배달하는 직원은 자리를 비웠다. 나는 목소리를 한껏 낮추어 말했다.

"응. 나, 중3 때 커밍아웃했어. 엄마한테만."

트위터에도 몇 번 쓴 사실이라서 지예에게는 말해도 괜찮다고 생각했다. 지예는 당황스러운 기분을 얼굴에 드러내지 않으려고 최선을 다하는 것 같았다.

"그렇구나. 엄마한테 어떻게 말했는데?"

"그냥 있는 그대로 말했어. 나는 나를 남자라고 생각하지 않는다고, 유치원 때부터 계속 그런 생각을 해왔다고. 엄마가 퀴어 개념을 전혀 모르는 것 같아서 설명도 해줬어."

"그래서 엄마는 뭐라고 하셨는데?"

"별말 없이 그냥 듣기만 하더니 '이왕 남자로 태어났으니까 그냥 남자로 사는 건 어때?' 그러더라. 내 말을 뭐로 들은 거냐고 내가 화냈더니, 그럼 알았대."

"아니, 뭘 알았다는 건데?"

"내 말이 그 말이야. 아무것도 모르면서 그냥 대충 대답한 거잖아."

"그래도 잘 받아주신 편 아냐? 화를 내거나 혼낸 건 아니잖아."

지예가 주저하며 말했다. 나는 불어버린 떡과 라면을 내려다보며 답했다.

"잘 모르겠어……. 엄마가 아빠랑 누나한테는 나중에 이야기하자고 덧붙였거든."

"나중? 나중이 언제인데?"

"몰라. 십 년 뒤일지, 그보다 더 나중이 될지."

"당장 내일이 될 수도 있잖아?"

"그럴 일은 없을걸. 엄마한테 말한 게 벌써 일 년 전인데 아직 아빠랑 누나는 몰라."

불은 라면 가락이 포크에서 힘없이 흘러내렸다. 입맛이 뚝 떨어졌다. 나는 파우치에서 일회용 물티슈를 꺼내 라볶이 국물에 물든 입술을 꼼꼼히 닦았다. 지예가 물었다.

"아빠랑 누나한테도 커밍아웃하고 싶어?"

"그것도 잘 모르겠어. 엄마가 나중에 얘기하자고 그러니까 어쩐지 무서워져서……."

"잘 모르겠어"의 연속. 이런 대답밖에 못 하는 내가 나도 싫다. 나의 커밍아웃은 제대로 매듭지어지지 않은 채 엄마와 나 두 사람만의 비밀로 묻혀버렸다. 엄마는 무슨 생각일까? 이대로 영원히 엄마와 나 둘만의 비밀로 묻어둘 심산일까? 아니면 정말로 잊어버렸는지도 모른다. 나는 내 인생을 걸고 한 고백이었지만 엄마에게는 시시껄렁한 농담에 불과했는지도 모른다. 어느 쪽이든 최악이다.

우울해졌다. 오늘은 모처럼 즐거운 하루였는데. 지예가 내 안색을 살피는 것이 느껴졌다. 미안했다. 지예가 엄마랑 싸운 이야기를 솔직하게 해주어서 나도 엄마 이야기를 하고 싶어졌다. 오프라인에서는 누구에게도 한 적 없는 이야기, 진짜 친구라고 생각하는 사람에게만 털어놓을 수 있는 이야기였다. 역효과였는지도 모른다. 엄마 욕 하는 지예가 쿨하지 않다고 아까 내가 무심코 부정적인 생각을 했던 것처럼 지예도 갑작스레 이런 얘기를 꺼내는 내가 부담스러워졌을지도 모른다.

"어…… 음. 네 파우치 귀엽다."

지예가 뜬금없이 그런 말을 꺼내 나는 놀랐다. 지예는 테이블 위에 올려둔 내 화장품 파우치를 손가락으로 가리키고 있었다. 나는 엉겁결에 파우치를 집어 들며 되물었다.

"진짜? 이거 너무 오래 써서 버릴까 말까 고민 중이었는데."

"아냐. 귀여우니까 절대 버리지 마. 참, 혹시 너 립밤은 어떤 거 써?"

나는 즉시 파우치에서 립밤을 꺼내 지예에게 보여주었다.

"이거 진짜 좋아. 발색 잘 되는데 마스크에 잘 묻어나지도 않아."

"정말? 나 한번 발라봐도 돼?"

지예는 눈을 반짝이며 손을 내밀었다.

"그럼! 아, 잠깐만."

나는 일회용 물티슈로 립밤 윗부분을 깨끗이 닦아 지예에게 건네주었다. 지예는 거울도 없이 대충 립밤을 발랐다. 나는 파우치에서 손거울을 꺼내 지예를 비춰주었다. 립밤을 바른 지예는 내 거울을 들여다보며 감탄을 연발했다.

"이거 괜찮네."

"그치? 이거 천원숍에서 파는 거야. 이천 원인데 만 원짜리만큼 성능 괜찮아. 디자인도 귀엽고."

"어, 대박이다. 이거 트위터에 홍보하는 거 어때?"

지예는 립밤이 정말 마음에 드는지 평소에 안 쓰는 '대박'이라는 말까지 썼다. 립밤을 이리저리 살펴보는 지예를 바라보며 나는 테이블 위에 올려둔 파우치를 무릎 위로 슬쩍 내려놓았다.

나는 교실에서는 절대로 화장품 파우치를 꺼내지 않는다. 입술이 말라 립밤을 바르고 싶을 때면 화장실에 가서 바르고 나온다. 중학생 때 교실에서 립밤을 바르다 놀림감이 된 뒤로는 조심하는 습관이 몸에 붙었다. '틴트'. 중학교 시절 내 별명이었다. 내가 바른 건 새빨갛게 티 나는 틴트가 아니라 핑크빛이 살짝 감돌기만 하는 지극히 무난한 립밤이었는데도 아이들은 그런 사실에는 신경 쓰지 않고 오직 나를 비웃고 놀리기 위해 그 말을 썼다.

발아래 땅에서부터 우울이 스멀스멀 솟아나며 숨이 막혀오기 시작했다. 나는 핸드폰을 켜 들고 그림 속의 핑크빛 상자를 바라보았다. 그러자 숨이 조금 트였다.

"아까 전시장에서 말이야."

나는 작게 중얼거렸다. 지예는 고개를 들고 나를 바라보았다.

"거기서는 어쩐지 안전한 기분이 들었어."

"안전한 기분?"

"응. 학교에서는 좀처럼 안전한 기분이 들지 않거든."

지예는 고개를 옆으로 살짝 기울이며 말했다.

"무슨 말인지 알 것 같아. 나도 학교에 있으면 갑갑하고 짜증만 나. 앵무새들밖에 없으니까."

"앵무새?"

"애들 보면 남이 한 말을 그대로 따라 하기만 하잖아. 마치 앵무새처럼. 보고 있으면 웃겨."

"그래도 앵무새는 예쁘잖아. 깃털이 샛노랗고, 빨갛고⋯⋯."

"너는 예쁘기만 하면 다 좋냐?"

"예쁜 거에 마음이 끌리는 걸 어떡해."

지예가 피식 웃었다. 나도 따라 웃었다. 우울함에 발목 잡힐 뻔했던 기분이 훨씬 나아졌다.

"아까 그 전시장에 모인 사람들이랑은 말이 통할 것 같더라. 퀴어들도 있는 것 같았고."

"작가들 중에도 퀴어인 사람 있어. 커밍아웃한 사람도 있을 거야."

"그렇구나."

나는 고개를 끄덕이며 감탄했다. 오늘 처음 가본 미술 전시장은 낯설고 기묘했지만 교실보다 훨씬 편안하고 안전해 보였다. 그곳에서는 립밤을 바르고 싶을 때마다 발라도 아무도 뭐라고 하지 않을 것 같았다. 마음에 드는 그림 앞에서 도널드 덕처럼 큰 소리로 호들갑을 떨며 손사래를 쳐도 전혀 부끄럽지 않을 것 같았다.

"다음에 또 가도 돼?"

내가 물어보자 지예는 주저 없이 고개를 끄덕였다.

"그럼. 다음 주말에는 코엑스에서 디자인 아트 페어 열린다. 굿즈 판매 부스도 많이 나올 거야. 너 귀여운 아이템 좋아하니까 그때까지 돈 좀 모아놔라?"

"와! 진짜 기대된다."

우리는 남은 라볶이를 다시 먹기 시작했다.

8
영주

"저 내일 포스 교육 받으러 가요."

나는 탕비실 테이블 위에 도시락을 풀어놓으며 말을 꺼냈다. 지은이 물을 뜨다 말고 호들갑을 떨었다.

"영주님 일한 지 벌써 한 달 됐어요?"

"한 달 하고도 보름 됐네요. 시간이 너무너무 빨리 가는 거 있죠."

"여기서 일하면 진짜 시간 잘 가죠."

말해 놓고 보니 새삼스러웠다. 어느새 나도 포스 팀 교육을 받으러 갈 때가 되었다. 신입 파트타이머는 근속 1개월이 지나면 포스 팀 교육을 받고 언제든지 진열 팀과 포스 팀을 오가며 일할 수 있게끔 되어 있었다.

"포스 일 힘들죠?"

수미에게 물어보았다. 수미는 김치전을 나무젓가락으로 대강 찢으며 답했다.

"힘들죠. 키오스크 생기고 좀 덜해졌지만 환불하랴 반품하랴 챙길 일 많고, 진상들도 있고."

"진상 손님이 그렇게 많아요?"

"여기는 아주 많은 편은 아니예요. 가끔 또라이들이 있기는 하지만."

"겁나네요."

또라이라는 말에 어깨가 움츠러들었다. 신입 교육장에서 보여준 CCTV 녹화 영상 속에는 정말이지 또라이라고 불러 마땅한 진상들의 행태가 적나라하게 찍혀 있었다. 내가 그런 또라이들을 잘 어르고 달랠 수 있을까? 수미는 반찬통 뚜껑에 김치전을 얹어 나에게 건네주며 위로했다.

"그래도 포스 일이 시간 하나는 진짜 빨리 가요."

"시간이라도 빨리 가야 버티죠. 시간도 안 가면 못 살아요."

지은이 푸념했다. 우리는 다 함께 맞장구를 치며 쓰게 웃었다.

이제 함께 점심 먹는 동료들하고는 친해질 만큼 친해졌다. 하지만 속에서 우러나는 이야기, 예컨대 일하며 힘들었던 이야기나 다른 직원들 뒷이야기는 섣불리 꺼내기 어려웠다. 점장과 부점장이 있는 사무실이 지척에 있어 함부로 입을 놀리기도 어렵지만 근본적인 이유는 남 말 할 힘도 없을 만큼 모두가 지쳐 있는 탓이었다. 남편과 시부모 흉보기부터 누가 인터넷 카페에 무슨 글을 올렸다는 둥, 누가 단톡방에서 분란을 일으켰다는 둥 오만 이야기를 시시콜콜 나누는 전업주부들의 교류에 비하면 끈끈함이 부족해도 너무 부족해 살얼음판이나 매한가지였다.

신기한 것은 여기서 일하는 여자들의 관계가 피상적이거나 냉랭하다는 생각이 들지는 않는다는 사실이었다. 혹시라도 높은 사람 귀에 들어갈까 목소리를 한껏 낮추고 입술 모양과 신체 언어까지 동원해 대화를 나눌 때의 공감대는 일터에서만 느낄 수 있는 동료 의식이었다.

다음 날 본사에서 포스 업무 교육을 받은 나는 곧바로 포스 팀에 투입되었다. 포스 팀의 출근 시간은 한 시간 정도 일렀다. 출근하자마자 계산대 주변 청소부터 시작했다. 바닥을 빗자루로 쓸고 계산대와 셀프계산대를 소독액과 손걸레로 깨끗이 닦는다. 우리 매장은 계산대 바로 뒤편이 통유리창인지라 유리도 매일 부지런히 닦아놓아야 했다.

나는 그릇 포장을 위해 계산대 옆에 항상 쌓아두는 신문지를 손으로 뭉쳐 유리창을 닦기 시작했다. 오 분 정도 닦고 나니 양손에 낀 장갑이 신문지 잉크에 시커멓게 물들었다. 먼 옛날 학창 시절의 대청소 시간을 떠오르게 하는 청소 방식이었다. 유리 닦는 행주 한 장 지원해 주지 않는 본사의 쩀쩀이도 어지간했다. 하긴 빗자루나 심지어 종량제 봉투 같은 기본적인 청소 도구도 전부 점장 개인 재량으로 사서 쓰는 판국에 직원용 행주는 사치품이었다.

"어서 오십시오, 고객님!"

10시 정각에 정문이 열리고 본격적인 업무가 시작되었다. 수미는 고맙게도 일하는 틈틈이 나를 챙겼다. 내가 정산 프로그램을 붙들고 꾸물거리는 동안 기다리는 손님들을 셀프계산대와 자기 쪽으로 유도해 주었다.

순식간에 오전 시간이 지나갔다. 점심을 먹고 나왔더니 손님이 확 늘어 있었다. 별 이유 없이 손이 많이 드는 날이 있는데 하필이면 그날이 오늘인 모양이었다. 다섯 대의 셀프계산대 머신들도 갑자기 늘어난 손님들을 받아내지 못하고 있었다.

마트며 커피숍이며 이제 어지간한 프랜차이즈 업장에는 키오스크라 불리는 셀프계산대가 없는 곳이 드물어졌지만 그래도 여전히 나이 든 손님들은 셀프계산대 다루기를 어려워해 직원들이 안내를 해주어야 했다. 분명 사람 편해지라고 개발한 문명일 텐데 여전히 일손이 필요하다는 사실이 아이러니했다. 그러나 경영진들은 고용을 축소했고 원래 일하던 직원들의 부담만 늘었다. 일하는 사람들 처지에서 셀프계산대는 사람을 편하게 해주기는커녕 괴롭히는 물건이었다.

"저기요, 수세미는 어딨어요?"

"저기요, 이 충전기 갤럭시랑 맞아요?"

끝없이 밀려드는 계산 줄을 처리하느라 정신없는 와중에 다른 손님들이 찾아와 자꾸만 질문을 했다. 진열 팀 직원들에게 물어봐도 잘 가르쳐줄 텐데 왜 굳이 계산대까지 찾아오는지. 나중에는 '저기요'라는 말만 들어도 노이로제 반응이 일어났다. 설상가상으로 셀프계산대 기계 세 대에 동시에 에러가 터졌고 두 군데뿐인 유인계산대 앞에는 순식간에 긴 줄이 생겨났다. 수미가 고장 난 기계 앞에 줄 선 손님들을 소리쳐 불러 모으는 동안 나는 손에 익지 않는 포스용 컴퓨터와 씨름을 벌였다. 난리굿판이 따로 없었다.

제품 큐알코드를 찍고, 합산하고, 손님에게 포인트 적립 여부를 묻고, 신용카드를 리더기에 읽히고, 비닐봉지나 쇼핑백이 필요한지를 묻고 필요하다면 꺼내준다. 로봇처럼 같은 말과 행동을 무한 반복 하는 동안 시간은 쏜살같이 지나갔다.

"비닐봉지 얼마예요?"

별안간 가시 돋친 목소리가 귀를 파고들었다. 사오십 대쯤 되어 보이는 여자 손님이 물건이 가득 담긴 장바구니를 계산대 위에 올려놓고서 나를 향해 눈을 부라리고 있었다. 나는 어제 교육장에서 배운 매뉴얼대로 줄줄 읊었다.

"네, 고객님. 비닐봉지 작은 사이즈는 오십 원이고 큰 사이즈는 백 원입니다."

"작은 거로 줘요."

시킨 대로 작은 비닐봉지를 한 장 내주었다. 그러자 손님은 인상을 팍 썼다.

"무슨 비닐이 이렇게 작아요? 큰 거는 얼마만 한데요?"

또다시 시킨 대로 이번에는 큰 비닐봉지를 한 장 들어서 보여주었다. 손님은 콧방귀를 뀌었다.

"뭐야. 그거나 그거나 똑같네. 더 큰 거는 아예 없어요?"

"그러면 장바구니를 사시겠어요?"

"장바구니는 얼만데요?"

"천 원입니다. 장바구니는 다회용이라 계속해서 쓰실 수 있고……."

심장이 뛰며 진땀이 났다. 손님의 무례한 태도보다 그 뒤에 늘어나는 줄이 더 신경 쓰였다.

"참 나. 그냥 비닐봉지 주세요."

손님은 짜증을 부리며 내가 건넨 비닐봉지를 탁 채어갔다. 자리에서 일하는 수미가 손을 멈추지 않은 채 이쪽을 예의주시하는 것이 느껴졌다. 다른 동료들도 수미 못지않게 신경을 곤두세우고 있을 터였다. 분명 내 잘못이 아닌데 내 잘못처럼 죄책감이 들었다.

손님은 비닐봉지에 물건을 담기 시작했다. 불안했다. 장바구니에 가득 찬 물건들은 아무리 봐도 비닐봉지 하나에 들어갈 성싶지가 않았다.

"거 빨리 좀 합시다!"

손님 바로 뒤에 팔짱을 끼고 선 남자 손님이 거칠게 쏘아붙였다. 그러자 손님은 허둥지둥하며 물건을 두세 개씩 움켜쥐고 봉지에 욱여넣기 시작했다. 나는 조마조마한 마음으로 지켜보는 수밖에 없었다. 작은 비닐봉지는 풍선처럼 불어나 찢어질 것 같았다. 게다가 손님이 억지로 넣은 물건 중에는 하필 긴 종이 상자에 포장된 형광등 전구가 끼어 있었다. 저거 위험한데, 위험한데…….

"어머나!"

결국 형광등 상자의 뾰족한 모서리에 늘어날 대로 늘어난 봉지 바닥이 걸리며 쭉 찢어지고 말았다. 터진 봉지에서 물건들이 우수수 떨어져 계산대 위로 흩어졌다.

"아이, 뭐야 이게 진짜!"

손님은 벌컥 성을 내며 부르짖었다. 멀찍이 셀프계산대 앞에 서 있는 손님들까지 이쪽을 흘끔거리며 불쾌한 시선을 보냈다. 가느다란 침 수백 개가 온몸을 콕콕 찌르는 것만 같았다. 나는 견디다 못해 손님에게 말을 걸었다.

"손님, 비닐봉지 하나 더 드릴까요?"

"드리긴 뭘 드려? 돈 받고 파는 거면서!"

손님은 반말로 앙칼지게 외쳤다. 나는 고개 숙여 사죄했다.

"죄송합니다, 손님."

"이렇게 잘 찢어지는 비닐을 무슨 돈을 받고 팔아?"

우리 매장에서 쓰는 비닐봉지는 여느 슈퍼마켓에서 파는 일반 비닐봉지들과 같은 재질이었다. 애초에 세상 그 어떤 비닐봉지도 물건을 저렇게 억지로 처넣으면 찢어질 수밖에 없다. 그러거나 말거나 손님은 사정없이 나를 몰아세웠고 나는 아무 대꾸도 하지 못했다. 무슨 말을 해도 들을 생각이 없는 사람을 무슨 말로 달랠 수 있을까.

"고객님, 저어엉말루 죄송하지만 딱 한 번만 저한테 비닐봉지 보여주시겠어요?"

내 등 뒤에서 시원스러운 목소리가 들려왔다. 수미였다.

수미는 박스테이프를 들고 계산대 앞으로 나섰다. 그는 갑작스러운 참견에 당황해 어물거리는 손님에게서 과감하게 비닐봉지를 빼앗아 들더니 형광등 상자와 물건 몇 개를 적당히 덜어내고 찢어진 봉지 밑바닥에 박스테이프를 둘둘 감아 붙였다. 눈 깜짝할 새 봉지는 튼튼하게 수선되었다.

"이제 되었죠, 고객님?"

수미는 비닐봉지에 물건들을 차곡차곡 담아 손님 손에 쥐여주며 애교스럽게 말했다. 손님은 영 마뜩잖은 표정이었지만 더는 뭐라고 하지 못한 채 줄을 빠져나갔다. 나는 서둘러 밀린 계산을 다시 시작했고 수미도 얼른 제자리로 돌아갔다.

나와 수미는 출입구를 향해 걸어가는 손님의 뒷모습에서 눈을 떼지 못했다. 손님이 가게를 완전히 떠난 다음에야 이른바 '상황'이 일단락되었다 할 수 있기 때문이었다. 상황이란 '고객 불만족 상황'을 뜻하는 직원들의 줄임말이었다. 불만족을 표하는 고객들의 태반은 방금 다녀간 손님 같은 진상들이었다.

수는 적어도 잊지 못할 기억을 남기는 희한한 진상들이 있었다. 멀쩡한 얼굴로 인사까지 하고 나갔다가 한참 나중에 돌아와 소리소리 지르며 항의하는 예측불허형 진상도 있고, 매일 같은 시간에 찾아와서 시비를 거는 출근형 진상도 있었다. 진상에는 수백만 가지의 유형이 있지만 직원들이 취할 수 있는 대처법은 딱 한 가지뿐이다. 그저 참고 또 참는 것.

긴 하루가 마침내 끝났다. 나는 탕비실로 돌아와 퇴근 준비를 했다. 종일 비닐을 떼어내고 신문지를 싸고 하느라 손끝이 버석했다.

"오늘 진상 때문에 식겁했죠?"

수미가 옷을 꺼내 입으며 말을 걸었다. 나는 한숨을 폭 쉬었다.

"말도 마세요. 갑자기 소리를 빽 지르니까 말문이 막히더라고요."

"하여간 그놈의 비닐 갖고 시비 거는 인간들이 꼭 있다니까. 한 장에 오십 원밖에 안 하는 거 그냥 두 장 사서 나눠 담으면 되잖아. 염병, 그 돈 아껴서 얼마나 잘살겠다고. 꼴값이라니까. 그쵸?"

갑자기 눈물이 솟았다. 제 일인 양 화를 내주는 수미가 고마웠다. 주책이다 참. 나는 코를 훌쩍 들이마시고 수미의 장갑 낀 손을 내 두 손으로 꼭 붙들었다.

"고마워요. 아까는 수미님 덕분에 살았어요."

"고맙긴요. 뭐 별일이라고."

수미는 멋쩍게 웃으며 손을 뒤로 뺐다. 나는 그의 손을 놓아주지 않으며 제안했다.

"언제 괜찮으심 제가 맥주 한잔 살게요."

"사긴 뭘 사요? 그냥 같이 마시면 되지. 그나저나 맥주 얘기 들으니까 확 당긴다."

"말 나온 김에 오늘 어때요? 우리, 집에 가는 길에 낮술 딱 한 잔만 하고 들어갈까요?"

내가 먼저 지르자 수미가 함박웃음을 지었다.

"낮술! 좋죠."

"잘됐다. 동네에 만선호프라고 낮부터 여는 집 있어요."

"내가 그 집 잘 알지. 좋아요. 지금 가요, 가."

의기투합한 우리는 그 길로 동네 골목 시장 뒷길에 있는 오래된 호프집으로 향했다. 술자리에 앉으니 딱 한 잔은 얼어 죽을, 술이 술술 들어갔다. 우리는 노가리 안주와 오백짜리 생맥주를 시켜놓고 수다를 떨었다. 비닐봉지 진상 썹기로 포문을 연 수다는 술술 넘어가는 맥주와 함께 속 터놓는 대화로 진화했다.

"수미님은 예전에는 어떤 일 하셨어요?"

내가 물었다. 수미가 대답했다.

"말 안 했어요? 나 작년까지 치킨집 했다고."

"맞다, 치킨집 사장님이셨다 그랬지. 가게는 이제 안 하세요?"

"지금은 우리 아저씨 혼자 하고 있어요. 십 년 넘게 둘이 같이 하다가 내가 너무 힘들어가지고 그만뒀어요."

"고생 많으셨겠다. 어디 있는 치킨집인지 물어봐도 돼요?"

"그럼요. 우리은행 사거리에 있는 금손 바비큐 치킨이요."

나는 무릎을 손바닥으로 탁 치며 호들갑을 떨었다.

"어머, 금손! 거기 우리 신랑 단골집이잖아. 우리 동네에서 제일 유명한 치킨집 아녜요?"

"유명하긴요. 그냥 굶어 죽지 않으려고 하는 거지."

"십 년이나 일하셨는데 그대로 쭉 쉬고 싶은 생각은 안 들었어요?"

조심스럽게 물어보자 수미는 맥주를 쭈욱 들이켜더니 한탄조로 말했다.

"나는요, 저주받은 체질이에요. 쉬면 병이 나고 일해야 병이 낫거든요. 타고난 체질이 이래 놓으니 호강도 못 하고, 완전히 머슴 팔자라니까요."

"머슴은 무슨, 어엿한 사장님이시면서. 저는 애들 키우는 동안 일하는 친구들이 제일 부러웠는걸요."

"영주님은 계속 살림만 했어요?"

"둘째 낳을 때까지는 회사 홍보 팀에서 일했어요. 언니네 학원 경리 일도 한 이 년 봐줬고요."

"아~ 어쩐지 커리어우먼 같아 보이더라."

"어유, 커리어우먼은 무슨. 집에서 논 세월이 몇 년인데요."

"내가요, 장사를 오래 하다 보니 관상쟁이 못지않아요. 딱 봐도 사무직 일 하다 온 사람 같아 보였다니까."

나는 멋쩍어하며 물었다.

"그렇게 초보 티 많이 났어요?"

"초짜 시절 없는 사람이 세상에 어디 있어요? 그만하면 초짜치고 잘하는 편이에요. 빈말 아녜요."

수미가 말해 주기를 파트타이머들은 대부분 경력자들이며, 나처럼 아예 생초짜로 일하러 오는 사람은 사오십 대 중에서는 드물다고 했다. 특히 포스 담당은 수미처럼 개인 사업장을 운영해 보았거나 대형 마트나 슈퍼마켓에서 일하다 온 사람이 태반이라고 했다. 그만큼 우리 직장은 동종 업계에서도 노동 강도 높기로 악명 높은 곳이었다.

"둘째 낳고 살림만 하다 멍청이 다 됐네요. 아까도 그까짓 진상이 뭐라고 어쩔 줄 몰라서는."

나는 쓰게 웃으며 김빠진 맥주를 들이켰다. 수미는 노가리 대가리를 비틀어 따며 나를 위로했다.

"내가 밥 장사만 이십 년을 했는데 말이죠, 그런 인간들은 이십 년을 겪어도 똑같이 화나고, 똑같이 힘들어요."

나는 눈을 깜박이며 수미를 바라보았다.

"역시 그런 거죠?"

"그럼요. 그런 인간들은 그냥 매사에 화가 나 있거든. 지들 말로는 서비스가 문제라지만 그거 다 핑계고 구실이야."

"그러게요. 학원에서 일할 때도 황당한 애 엄마들 많았어요. 그런 사람들 보면 남한테 화낼 이유를 일부러 찾아다니는 것 같더라고요. 한 번 사는 인생 좋은 마음으로 살아도 모자랄 판에 왜들 그럴까."

"그게 다 외로워서 그런 거야. 지들 주변에 화풀이 받아줄 사람이 없어서 그래. 남편이 받아주겠어, 자식이 받아주겠어. 다 자업자득이지. 안 그래요?"

"당연하죠. 우리는 그러고 살지 맙시다."

"그래요, 그래요."

맥주잔이 연신 부딪쳤다. 한 잔이 두 잔 되고, 두 잔이 석 잔 되고, 술이 들어가니 말도 편해졌다.

"신랑이랑 같이 사업하면 든든하겠다."

"든든하긴 개뿔이."

115

수미는 코웃음을 치더니 조금 풀이 죽어서 말했다.

"남편이면서 동업자인 셈이잖아. 집에 가서도 쉴 수가 없는 거야. 온종일 가게에서 부대끼다 집에 와서도 부대끼니 눈만 마주치면 싸움질이고. 젊을 때야 돈 버는 재미로 참았는데, 장사 오래 하다 보면 그런 재미도 예전 같지 않아져. 코로나 맞은 뒤로는 더 심해졌지."

"아휴, 정말 그랬겠다. 자영업에는 휴일도 주말도 없고, 얼마나 힘들까. 우리 언니네도 부부가 창업했는데 코로나 때 고생 많이 했어. 부모가 둘 다 나가 일하니 애들도 점점 엇나가고……"

나는 별생각 없이 말했다가 아차 싶어 입을 다물었다. 아이들 이야기를 뭐 하러 꺼내서는, 입이 방정이다. 벌써 취했나? 다행히 수미는 못 들었는지 아니면 못 들은 척하기로 한 건지 넘어가주었다.

"이대로는 못 살겠다 싶어서 내가 아저씨한테 먼저 가게 그만 나가겠다고 했어. 그래 어디 한번 너 혼자 다 짊어져봐라, 뭐 그런 심보도 있었고. 처음에는 나 없이 일이 어떻게 돌아갈까 걱정이 되어서 집에 있어도 가시방석이었지. 그러다가 여기 일하러 온 거야. 가게 일에 신경 끄고 싶어서."

"그래서, 가게 잘 돌아가고 있어?"

"뭐, 나 없어도 망하지는 않더라고."

"원래 자영업은 망하지만 않으면 성공한 거라던데?"

"그래 맞아. 망하지만 않으면 됐지. 가게 망하면 이제 고스란히 지 탓인 거야."

"그래, 그래. 다 아저씨 탓인 걸로 해."

우리는 맥주와 노가리를 추가로 주문했다. 새로 나온 노가리를 수미가 잘게 찢었다. 전직 호프집 사장다운 노련한 솜씨였다.

"있잖아, 우리 애는 진짜 별종이야."

노가리 살을 고추장 종지에 담그다 말고 수미가 한탄했다. 나는 거의 반사적으로 피식 웃으며 받아쳤다.

"에이, 그 집 딸이 아무리 별종이라도 우리 아들만큼 별종은 아닐걸?"

"아냐, 우리 딸만큼 별종일 수는 없어."

우리는 제 자식이 별종이라는 사실이 전교 1등 같은 자랑거리라도 되는 것처럼 경쟁적으로 떠들었다.

"그 집 따님은 얼마나 별종이시길래?"

내가 묻자 수미는 피식 웃으며 대답했다.

"우리 딸은 무슨 전시회 구경에 미친 애야."

나는 진심으로 감탄하며 되물었다.

"와, 그 나이에 미술 전시를 보러 다녀? 대단하네."

"대단하긴 개뿔. 그놈의 전시를 학교까지 빼먹으면서 보러 다니니 문제야. 한번은 무슨 디자이너 행사에 간다고 제 맘대로 조퇴를 했길래 야단 좀 쳤더니 입에 거품을 물고 난리를 치는데, 아이고 내가 무슨 말을 못 해."

처음에는 험악하게 딸을 비난하던 수미가 말미에는 땅이 꺼져라 한숨을 쉬었다. 자식 걱정은 무덤에 들어가는 날까지 따라온

다더니, 어느 부모나 마찬가지다. 나는 수미를 위로했다.

"원래 예술가들한테는 괴짜 기질이 있다잖아."

"허이고! 예술가는 무슨. 예술은 아무나 하나. 그나저나 그 댁은 뭣 때문에 걱정이야?"

"우리 애는, 학교는 그냥저냥 평범하게 다니는 것 같기는 한데……."

나는 말꼬리를 흐렸다. 둘째의 얼굴이 떠올랐다. 지난 주말 새로 산 후드티를 차려 입고 놀러 나가던 모습이었다. 나가기 직전까지 거울이 닳도록 보고 또 보고, 나한테 제 옷맵시가 어떠냐고 확인까지 받아가며 호들갑을 떠는 모습에 여자친구라도 생겼냐고 물어봤더니 못 들을 말이라도 들은 것마냥 짜증을 냈다.

"아유, 그럼 됐지. 어디가 별종이라고 그래?"

수미가 호기심 어린 눈빛으로 물어왔다. 나는 작년 어느 날을 떠올렸다. 여느 때와 다름없이 학교에서 돌아온 둘째는 나를 안방으로 데리고 들어가더니 '할 말이 있다'며 있는 대로 무게를 잡았다. 얘가 학교에서 무슨 사고라도 쳤나 하고 처음에는 겁부터 났다. 최악의 시나리오들만 줄줄 떠올리는 나에게 아이가 꺼낸 이야기는 예상 시나리오를 한참 벗어난 내용이었다.

술기운이 머릿속을 한 바퀴 돌았다. 그날의 그 아이를 떠올리면 술을 마시지 않아도 머릿속이 부옇게 흐려진다. 나는 노가리 꼬리를 질겅질겅 씹으며 얼버무렸다.

"음…… 우리 아들은요, 그냥…… 별종이에요."

그래. 말하자면 그 애는, 그냥 그런 애지. 하지만 왜, 언제부터 그런 애가 된 걸까? 사춘기 때문에? 내 배로 낳은 아이지만 모르겠다. 나의 어떤 부분이 그 애를 그렇게 만들었을까? 생각할수록 수수께끼다.

"말 놓기로 해놓고 왜 갑자기 존댓말이셔?"

수미가 퉁을 놓았다. 나는 맥주잔을 번쩍 들어올리며 말을 돌렸다.

"우리 한 잔 더 시킬까, 말까?"

수미는 눈치가 빨랐다. 시간을 확인하더니 장단을 맞추었다.

"아이고, 벌써 5시네. 슬슬 갈까?"

"에구, 그래. 가서 저녁밥 차려야지."

"알아서 차려 먹으라고 하지? 나 가게 나갈 때 우리 딸은 혼자 알아서 잘 챙겨 먹었어."

"그쪽은 사장님이시니까 그래도 되지만 나는 안 돼."

나는 남은 맥주를 단숨에 마시고 계산서를 챙겼다. 수미가 내 손에서 계산서를 빼앗으려 들었지만 어림도 없었다.

9
우현

   은빛으로 반짝이는 인공 행성이 새까만 하늘 한가운데서 빙글빙글 맴돌았다. 천장 한구석에 설치된 컬러 LED 조명의 불빛이 행성 표면에 부딪힐 때마다 희고 붉고 푸른 빛의 파편들이 사방으로 흩어져 날아갔다.

   예쁘다. 나는 홀린 듯 핸드폰을 들고 영상을 찍었다. 인공 행성의 정체는 미러볼이었다. 영상으로는 많이 봤지만 실제로 돌아가는 미러볼을 보는 건 처음이었다. 미러볼은 무지개 파편을 흩뿌리는 프리즘 같았다.

   사람들은 모두 흐르는 음악에 맞추어 춤을 추고 있었다. 딸꾹질처럼 이어지는 엇박자 속에서 사람들은 커다란 요람에 다 함께 올라탄 듯이 한 방향으로 몸을 흔들었다. 미러볼이 돌아갈 때마다 사람들이 낀 하얀색 마스크 표면에도 무지갯빛 조각들이 흘러갔다.

"예쁘죠?"

누군가가 속삭이듯 말했다. 나는 얼떨결에 고개를 끄덕이며 목소리가 들린 쪽을 돌아보았다.

"아, 네."

검은색 버킷 햇을 쓴 사람이 내 옆에서 미러볼을 올려다보고 있었다. 그 사람이 낀 마스크에도 커다란 무지개 조각이 내려앉아 있었다. 예쁘다. 나는 마스크 속에서 입을 헤벌렸다. 그는 갑갑한지 끼고 있던 마스크를 턱 밑으로 끌어 내리고 크게 숨을 쉬었다. 수염 없이 매끈한 턱에 가느다란 속쌍꺼풀이 진 눈, 주름 하나 없이 빳빳한 푸른색 와이셔츠가 날씬한 몸매에 잘 어울렸다.

어른일까? 당연히 어른이겠지. 애초에 여기 있는 사람들은 나랑 지예만 빼고 전부 다 어른들이니까. 그 사람은 특히 나이가 많아 보였다. 우리 아빠만큼 나이가 많을지도 몰랐다. 물론 배불뚝이 아저씨인 아빠하고는 천지 차이지만.

그 사람은 손가락으로 미러볼을 가리키며 말했다.

"저 미러볼, 원래 우리 가게에 십 년 동안 달려 있던 거예요. 내가 여기 사장님한테 오픈 축하 선물로 드렸어요."

"정말요? 우와……."

나는 바보 같은 감탄사를 흘리며 미러볼을 올려다보았다. 남자도 나와 같이 천장에서 돌아가는 미러볼을 바라보았다. 마치 오랫동안 기르던 강아지나 고양이를 다른 집으로 입양 보낸 사람 같은 얼굴이었다. 문득 초등학교 적 집에서 기르던 강아지를 시골 친할머니 댁으로 보내야 했을 때의 슬픔이 떠올랐다.

"혼자 왔어요?"

그 사람이 나를 바라보며 물었다. 나는 사실대로 대답했다.

"아뇨. 친구랑 같이 왔어요."

"친구는 어디 있는데요?"

"친구는 화장실 갔는데요."

그는 턱에 손을 대고 웃었다. 와…… 잘생겼다. 터무니없을 정도로. 웃지 않을 때는 잘 몰랐는데.

두근두근, 심장이 뛰기 시작했다. 뭐가 그리 재미있는지 한참 웃던 그 사람은 불현듯 엄지손가락으로 뒤쪽에 있는 바를 가리키며 물었다.

"맥주 어때요?"

나는 한순간 얼어붙었다가 황급히 고개를 크게 흔들었다. 그는 다시 물었다.

"그러면 칵테일? 위스키?"

"아뇨. 저는 못 마셔요."

"아, 술 못 하세요?"

"어, 음, 그게 아니라요, 저는…… 마시면 안 돼요."

나는 이번에도 사실대로 대답했다. 그러자 그 사람의 길고 가는 눈이 휘둥그렇게 커지더니 말투가 바뀌었다.

"설마 학생이에요?"

어떡하지. 심장이 다른 의미로 쿵쿵 뛰기 시작했다. 나는 거북이 처럼 목을 잔뜩 움츠렸다. 혼날까? 쫓겨날까? 둘 다 싫다. 무섭기도 하지만 너무 창피해. 지예는 왜 이렇게 안 오는 건데. 나는 속으로 지예를 간절히 불렀다. 지예야, 빨리 와. 나 큰일 난 것 같아…….

"학생은 술 마시면 안 되지."

그 사람은 진지하게 말했다. 나는 어쩔 줄 몰라서 고개를 숙였다.

"죄송해요."

그러자 그는 가볍게 고개를 흔들었다.

"사과받으려고 말한 건 아니에요. 나도 아까는 학생인 줄 모르 고 물어본 거니까 이해해요."

"네. 술 안 마실게요."

물어보지도 않은 말에 대답하는 나를 보며 그는 웃었다. 얼굴 이 뜨거워졌다. 저 사람 눈에는 내가 얼마나 코흘리개로 보일까? 너무 수치스러워. 인파 속으로 떠나가는 그 사람의 뒷모습을 바라 보며 나는 부끄러움을 곱씹었다.

몇 시간 전, 나는 지예랑 같이 캐릭터 디자인 페스티벌을 구경했 다. 구경을 마친 뒤 지예가 행사장 근처 클럽에서 열리는 파티에 가 자고 제안했다. 그렇게 찾아 들어온 곳이 이곳이었다. 이 클럽의 이 름은 '안티매터(Antimatter)'다. '반물질'이라는 뜻이라고 지예가 말 해 주었다. 반물질이 뭔지 몰라서 물어보니까 지예도 잘 모르겠다 고 했다. 그래서 우리는 인터넷 위키 사이트에서 반물질 항목을 찾아보았다. 설명을 읽어도 여전히 무슨 뜻인지는 알 수 없었지만.

"고등학생이 클럽 가도 돼? 신분증 검사 안 해?"

내가 묻자 지예가 걱정도 팔자라는 듯 말했다.

"괜찮아. 안티매터는 그런 클럽이 아니니까."

"그런 클럽이라면……."

지예는 내가 갑갑하다는 듯 목소리를 높였다.

"성추행하고, 술에 약 넣고, 막 그런 범죄 짓 하는 일반 클럽 말이야. 안티매터는 그런 곳이 아니야. 클럽이라기보다는 음, 아지트라고나 할까?"

"넌 거기 가본 적 있어?"

"난 중3 때 작가님들 따라서 가봤어. 아무도 뭐라고 안 했어. 당연히 이상한 짓 하는 사람도 없었고."

인스타그램에서 안티매터의 공식 계정을 찾아봤더니 지예 말대로 유튜브나 드라마에서 본 화려한 클럽들과는 조금 달라 보였다. 낮에는 평범한 카페처럼 차와 커피를 팔고, 주말에는 인디뮤지션의 라이브 공연이나 강연회 같은 아티스트 행사가 열리는 곳이었다. 그래도 괜히 긴장되는 건 어쩔 수 없다. 나는 고등학생이고, 어른들을 위해 마련된 공간에 가보는 건 처음이니까.

안티매터 클럽은 조명이나 인테리어 용품을 파는 작은 가게들과 인쇄소들이 모인 오래된 동네의 다 쓰러져가는 건물 꼭대기 층에 있었다. 엄청나게 가파르고 폭이 좁은 계단을 올라가는데 조금 무서울 정도였다. 나는 굴러떨어질까 봐 난간을 두 손으로 꼭 잡고 올라가며 지예에게 물었다.

"이런 곳들은 왜 꼭 이렇게 낡은 건물에 있는 거야?"

"글쎄? 나도 몰라."

안티매터에 도착하자 시끄러운 음악이 고막을 때렸다. 발 디딜 틈 없이 손님들이 들어차 있었다. 술병이 한가득 늘어선 바가 제일 먼저 눈에 띄었다. 몇몇 손님들이 바 앞에 앉아 술을 마시며 떠들고 있었다. 바의 맞은편에는 커다란 헤드폰을 낀 남자가 맥북을 펼쳐놓고 한 손으로는 맥주를 마시면서 다른 한 손으로 디제잉을 하고 있었다.

와, 진짜 클럽 같다. 심장이 막 뛰었다. 다행히 신분증 검사 같은 건 하지 않고 있었다. 테이블이 몇 개 되지 않아 대부분의 손님들은 선 채로 대화를 나눴다. 다들 술을 마시고 있었다. 혼자 음악에 맞추어 춤을 추는 사람도 있었는데 아무도 그 사람을 이상한 눈으로 보지 않았다.

"여기 금연이에요!"

한 남자가 주머니에서 담뱃갑을 꺼내다가 옆에 모여 있던 여자들에게 한 소리를 들었다. 그러고 보니 클럽 한가운데 있는 커다란 콘크리트 기둥에는 'NO SMOKING'이라고 쓰인 포스터가 붙어 있었다. 술은 마셔도 되지만 담배는 안 되는 클럽. 뭔가 멋지다. 왜 굳이 영어로 썼는지는 모르겠지만 어차피 여기 오는 사람들은 다 영어를 잘하겠지.

"옥상에 가볼래?"

지예가 제안했다. 나는 두말없이 지예를 따라 옥상으로 올라갔다. 초록빛 방수 페인트가 칠해진 옥상 마당에는 손님들이 삼삼오오 모여 담배를 피우고 있었다. 우리는 옥상 난간에 매달렸다. 서울 시내의 야경이 한눈에 들어왔다.

"우와, 남산타워다!"

탄성이 나왔다. 저만치 앞의 남산타워가 손에 잡힐 것처럼 커다랗고 생생하게 보였다. 지예는 아슬아슬하게 난간에 허리를 걸친 채 팔을 뻗어 멀리 남서쪽을 가리키며 소리쳤다.

"저기 롯데타워도 보인다?"

"진짜다!"

우리는 아이스 아메리카노처럼 차갑고 쨍한 밤공기를 가슴 가득 들이마셨다. 아무도 이런 경험은 못 해봤을 거야. 엄마도, 누나도, 우리 반 인싸들 그 누구도. 신이 나서 사진과 영상을 번갈아 찍는 나에게 지예가 웃으며 물었다.

"여기 괜찮지?"

"어. 진짜 좋다."

클럽으로 돌아가자 분위기가 돌변해 있었다. 침침한 푸른 빛을 띤 어둠 속에서 디제이가 빠른 박자의 음악을 틀었다. 쿵. 쿵. 쿵. 무거운 베이스 리듬에 바닥이 진동했다. 벽도 울리고 천장도 울렸다. 건물 전체가 큰북으로 변해 울리는 것 같았다. 사람들은 하나둘씩 음악에 맞추어 몸을 흔들기 시작했다. 진동은 점점 더 커지고 깊어졌다. 내 몸도 함께 울렸다.

불현듯 나는 춤을 추고 싶어졌다. 지예도 그런 것 같았다. 아무 말도 하지 않았지만 분명 그 애도 그럴 거라는 확신이 들었다. 같은 파장의 텔레파시를 수신한 것처럼.

"우리 춤추자."

"춤?"

나는 망설이는 지예의 손을 잡아끌었다. 우리는 입학식 날의 초등학생 짝꿍처럼 두 손을 맞잡은 채 춤추는 사람들 틈바구니에 끼어들었다. 가끔 기분이 좋을 때 내 방에서 혼자 춤을 추고는 하지만 이렇게 많은 사람들이랑, 그것도 어른들이랑 같이 춤을 추는 건 처음이었다. 지예는 이런 데 자주 와봤으니까 어떻게 해야 하는지 잘 알지 않을까? 하지만 지예는 내 손을 잡은 채 엉거주춤 서 있기만 했다. 지예는 춤을 못 추나 보다. 의외다, 귀엽네. 이런 말 하면 지예는 화내겠지만.

"야, 저 사람 좀 봐."

갑자기 지예가 내 허리를 손가락으로 쿡 찌르더니 앞쪽을 가리켰다. 디제잉이나 춤 같은 것하고는 평생 인연이 없어 보이는 모범생 스타일의 깡마른 아저씨가 두툼한 뿔테 안경을 끼고 거북이 같은 백팩까지 둘러멘 채 팔다리를 풍차처럼 휘두르며 열정적인 춤을 추고 있었다.

"존나 웃긴다."

"은근 잘 추는데?"

나는 키득키득 웃으며 뿔테 아저씨를 흉내 내어 팔을 휘둘렀다.

지예도 웃음을 터뜨리며 팔을 흔들었다. 그러자 우리 옆에 서 있던 어른들도 우리를 따라 팔을 흔들기 시작했다. 점점 더 빨라지는 리듬을 타고 춤의 물결이 사방으로 번져 나갔다.

우리는 이마에 땀방울이 송송 맺힐 때까지 신나게 춤을 추었다. 한참 춤추다 지친 지예는 화장실에 갔다. 나는 지예를 기다리면서 셀카를 찍고 놀았다. 롤러코스터를 타고 막 내렸을 때처럼 흥분이 가시지 않았다. 트위터에 셀카를 올리자 '좋아요'의 숫자가 빠르게 늘어났다. 나는 내친김에 미러볼 영상도 찍기 시작했고, 바로 그 순간 버킷 햇을 쓴 어른이 나에게 말을 걸었다.

버킷 햇 쓴 사람이 사라지고 다시 혼자 남은 나는 김이 샜다. 방금 전까지만 해도 꼭 내가 드라마 주인공이 된 듯한 기분에 사로잡혀 있었는데. 이게 뭐야. 바보같이.

어디선가 달짝지근한 향이 풍겼다. 어느새 화장실에서 돌아온 지예가 빨대 꽂힌 콜라병을 내 턱 밑에 들이대고 있었다. 나는 콜라를 한 입 마시고 물었다.

"콜라 얼마야?"

지예는 다섯 손가락을 쫙 펼쳐 보였다. 나는 기겁을 했다.

"무슨 콜라가 그렇게 비싸?"

"이런 데는 원래 그래."

우리는 콜라 한 병을 번갈아 나누어 마셨다. 나는 지예에게 버킷 햇 쓴 사람 이야기를 해주었다.

"그 남자 너 꼬신 거 아냐?"

지예가 대뜸 물었다. 나는 헛웃음을 터뜨렸다.

"에이, 말도 안 돼. 나 미자라 술 못 마신다고 했더니 그냥 갔어."

"외모는 어땠어?"

"음……. 처음에는 잘생겨 보였는데. 자세히 보니까 그냥 아저씨 같더라."

"그럼 잘생기기는 했다는 거네? 아깝다."

지예가 그렇게 말하니 괜히 나도 아까운 기분이 들었다. 지예는 심술궂게 말했다.

"미자라고 밝히지 말지 그랬어? 그 사람이 다 샀을 텐데."

"미쳤어? 그랬다가 들키면 어떡해."

"어떡하긴. 들키면 그 사람 책임이지. 어른이잖아? 감옥에 가도 어른이 가지 우린 안 가."

"너 완전 못됐다."

지예와 나는 어깨를 들썩이며 웃었다. 때마침 테이블 하나가 비었다. 우리는 테이블에 앉아 쉬기로 했다. 우리 바로 앞 테이블에는 어른 여러 명이 술을 마시며 대화를 나누고 있었다. 그들을 본 지예가 나지막하게 부르짖었다.

"작가들이다."

지예랑 같이 여기저기 구경을 다니다 보니 이제 나도 어설프게나마 작가라는 사람들의 면면을 알아볼 수 있게 되었다. 미술가인 누구, 인디뮤지션 누구, 뭐 하는 사람인지는 잘 모르지만 아무튼 네임드인 누구, 그리고 또……. 떡 벌어진 어깨에 수염을 기른 남자가 눈에 띄었다. 어쩐지 익숙한 얼굴이었다. 누구지? 지예랑 전시 구경 갔을 때 본 것 같은데. 나는 지예에게 물어보았다.

"저기 수염 기른 사람 누구야?"

"안광순 작가. 몰랐어? 트위터 '광순' 닉으로 활동하잖아."

"아, 저분이 광순님이야? 나도 광순님 팔로하는데. 계정만 보고는 여자인 줄 알았어."

"왜? 이름이 여자 같아서?"

"그것도 그렇고. 워낙 평소에 소수자 인권 말을 잘 하셔서 여자거나 성소수자인 줄 알았어."

놀라워하는 나에게 지예가 지적했다.

"너, 그거 성별 이분법적인 생각인 거 아냐?"

"듣고 보니 그러네."

지예는 어이없어하며 따져 물었다.

"야. 네가 그런 편견을 가지면 어떡해?"

"성소수자라고 해서 무조건 성별 이분법적인 편견에서 자유로울 거라는 생각도 일종의 편견이거든요?"

토론이라도 벌일 것처럼 말을 주고받던 우리는 앞에 앉은 작가들이 와르르 웃음을 터뜨리는 바람에 입을 다물었다. 나는 한층 주의 깊게 안광순을 살펴보았다. 팔짱을 낀 채 거침없는 태도로 말하는 그는 어딜 봐도 시스젠더 이성애자 남성이었다. 저런 사람이 나이 든 아줌마 같은 이름을 지녔다니 재미있다. 역시 성별 이

130

분법은 믿을 게 못 된다니까.

"광순님도 미술가야?"

지예는 눈을 반짝이며 묻지도 않은 이야기까지 해주었다.

"광순님은 존잘님이야. 현대 미술가면서 공연 기획자고, 에세이도 쓰고, 디제잉도 해. 이따 밤 9시부터 여기서 광순님이 디제잉 시작할 거야."

"와, 능력자다."

지예는 내 말은 들은 둥 만 둥 조명 아래 마네킹처럼 번쩍거리는 광순님의 네모진 얼굴만 뚫어져라 바라보고 있었다. 갑자기 광순님이 자리에서 일어나 우리 쪽으로 다가왔다. 지예는 턱 밑으로 끌어 내렸던 마스크를 바짝 추어올렸고 나도 덩달아 긴장했다. 광순님은 우리한테는 눈길 하나 주지 않은 채 바를 향해 빠르게 걸어갔다. 지예의 시선도 그를 따라갔다.

지예는 광순님의 디제잉을 보고 싶어서 여기 온 건 아닐까? 문득 그런 생각이 들었다.

"너 광순님 진짜 좋아하나 봐."

내 말에 지예는 자다 깬 것처럼 놀랐다.

"어? 나 말야?"

"응."

지예는 고개를 숙인 채 남 이야기하듯 중얼거렸다.

"뭐. 그런 셈인가."

연예인도 아이돌도 그들의 팬들도 앵무새라며 한심하게 여기는 지예가 유일하게 인정하는 '존잘'님. 버킷 햇 쓴 그 사람도 안광순 같은 예술가였을까? 문득 나는 지예가 처음 미술 전시회에 데려가준 날 상가 건물 앞에서 에어팟을 꽂고 담배 피우던 남자를 기억해 냈다. 그가 안광순이었다. 지예는 담배 피우는 사람도 괜찮은가 봐. 나는 아무리 외모가 내 취향이어도 흡연자라는 사실을 알면 딱 싫어지는데. 그래도 타인의 취향은 존중해야지.

공휴일이었다. 누나가 간만에 서울에 올라왔고 엄마는 일을 쉬었다. 아빠는 고향 동창 친구들을 만나러 나갔다. 오랜만에 엄마랑 누나랑 셋이서 저녁을 먹고 텔레비전 앞에 모여 앉았다.

"우현이 너 요즘 주말마다 뭐가 그렇게 바빠? 지난 주말에는 밤 11시가 다 되어서 들어오고."

엄마가 사과를 깎으면서 나에게 물었다.

"엄마도 요즘 계속 일하느라 바쁘잖아."

나는 새침하게 대답했다. 엄마는 끈질기게 캐물었다.

"너 혹시 주말 알바 같은 거 하니?"

"아니. 그냥 전시 보러 다녀."

"전시?"

엄마 옆에서 텔레비전을 보던 누나가 콧바람을 뿜으며 끼어들었다.

"웬 전시? 무슨 전시? 뭐 재밌는 거 있어?"

"알아서 뭐 하게."

누나는 새로 염색한 머리에 헤어롤을 주렁주렁 매단 채 빈정거렸다.

"왜. 꿀정보 좀 나눠주지? 참, 네가 알려준 스토어에서 헤어 에센스 샀는데 가성비 괜찮더라. 엄마도 한번 써봐."

엄마는 누나의 말을 무시하고 나에게 물었다.

"누구랑 같이 전시 보러 다녀?"

"반 친구랑."

"그래? 반에 친한 애 생겼어? 남자애야, 여자애야?"

"여자."

나는 일 초도 망설이지 않고 대답했다. 엄마에게 지예의 지정성별을 숨겨야 할 이유는 전혀 없으니까. 누나가 호들갑스럽게 끼어들었다.

"대박. 너 연애해?"

아 진짜, 이래서 누나하고는 말을 오래 섞기 싫다. 누나는 나랑 완전히 정반대 유형이다. 뼛속까지 이성애자고, 인싸고, 하고 싶은 말은 참지 않고 다 해버리고, 툭하면 나한테 트위터 같은 건 뭐 하러 하느냐고 매도한다. 어릴 적부터 우리는 툭하면 아웅다웅이었다. 거의 언제나 누나의 일방적인 승리로 끝나지만.

엄마는 어쩐지 의뭉스러운 태도로 계속 캐물었다.

"누군지 얘기 좀 해봐. 집에 데리고 오라는 말은 안 할 테니까."

"됐거든요. 그런 거 아니라고요."

"뭐야? 정색하는 거 보니까 더 수상한데? 야, 너 여친 생긴 거

맞지? 남친인 건 아니지?"

키득거리는 누나의 태도가 몹시 무례했다. 남의 성 정체성이 농담거리야? 여자랑 남자는 만나기만 하면 무조건 연애를 해야 돼? 사람이 무슨 번식기 맞이한 곤충이야? 유치하고 한심한 성별 이분법이다. 상대하기 싫어서 아무 말 안 했더니 누나는 한술 더 떴다.

"우현이만큼 여성스러운 여자애도 별로 없을 텐데. 쟤 여친도 취향 은근 특이하다. 그치 엄마?"

엄마는 아무 말 없이 텔레비전으로 시선을 돌렸다. 엄마의 무표정한 옆얼굴을 보고 있자니 불안해졌다. 견디다 못한 나는 일어나 방으로 들어가 문을 잠갔다. 무슨 잘못이라도 저지른 것처럼 가슴속이 무거워졌다. 나는 아무 잘못도 하지 않았는데. 이렇게 불필요한 죄책감을 느끼는 순간이 세상에서 제일 싫다.

엄마도 아빠도 누나도 나를 몰라도 너무 모른다. 내가 자기들이랑 다르다는 걸 전혀 신경 쓰지 않고 던지는 농담이나, 자기들끼리 아무렇지도 않은 일상적인 대화도 나에게는 폭력적으로 다가온다는 사실을 왜들 모를까. 엄마한테는 커밍아웃까지 했는데도 별다른 변화가 없다. 이럴 바에는 괜히 커밍아웃을 했다는 후회마저 든다.

— 가족들이랑 5분 넘게 대화하기 VS 반에서 제일 싫은 애랑 5분 동안 한 방에 갇혀 있기
  지금은 전자가 더 빡셀 듯.

트위터에 이렇게 써놓고 사람들의 반응을 기다렸다. 지예는 지금 뭐 하나? 오늘은 앙팡님의 트위터 활동이 뜸한 걸 보니 현생이 바쁜 모양이었다. 나는 타임라인을 복습하며 마음을 가라앉히려 노력했다.

알림 창에는 내 멘션이 누군가에게 리트윗되었음을 알리는 메시지가 계속해서 떠올랐다. 어젯밤 늦게까지 웹서핑을 하던 나는 외국의 트랜스젠더 여성 모델이 자기 민족의 전통 의상을 입고 찍은 사진을 발견했다. 눈부시게 화려한 전통 의상과 모델의 아름답고 당당한 태도에 나는 홀딱 반했다. 사진을 내 트위터 계정에 올린 뒤 자고 일어났더니 무려 오천 번이 넘게 리트윗이 되어 있었다. 리트윗해 간 계정들은 대부분 무지개들이었다. 멋지다, 예쁘다, 존경스럽다, 본받고 싶다…… 수많은 사람들이 공감과 지지의 말을 덧붙였다.

리트윗 효과로 새로운 팔로워들도 여럿 생겼다. 이렇게 나도 네임드가 되어가는 걸까? 망상이지만 기분이 좋다.

띠링, 경쾌한 효과음과 함께 알림 창이 떠올랐다.

— . @234fxc7ck
와 정말 좆같이 생겼다

손가락이 얼어붙었다. 알림 창은 순식간에 사라졌지만 내가 본 내용은 똑똑히 각인되었다. 악의를 품은 말들이 내 가슴 가장 깊은 곳까지 거침없이 짓쳐 들어왔다.

나는 떨리는 손으로 누가 욕을 썼는지 확인했다. 정체불명의 미심쩍은 계정이었다. 그는 내가 어제 올린 셀카를 보고 욕을 한 거였다. 테러는 욕설 한마디로 끝나지 않았다. 그는 내가 한참 전에 올려놓고 잊어버린 셀카까지 거슬러 올라가며 일일이 조롱 멘션을 달아놓고 있었다.

— 님 셀카 보고 방금 먹은 거 다 토했음. 덕분에 다이어트 임파워링되네요. 감사~

미친 거야? 나한테 왜 이래? 처음에는 너무 놀랐고, 그다음에는 억울했다. 억울함은 곧 주체할 수 없는 분노로 변했다. 나는 역겨움을 참고 날 욕하는 계정에 들어가 살펴보았다. 그는 나 말고도 무지개 계정들마다 따라다니며 외모 조롱과 욕설을 흩뿌리고 있었다. 이른바 혐오 계정이었다. 나는 지금 혐오자에게 사이버 불링을 당하고 있었다.

등골이 오싹해졌다. 무지개들이 많이 활동하는 트위터에는 이런 악성 혐오 계정들이 많았다. 혐오자들은 대부분 무지개 중에서도 유명한 네임드들을 타깃 삼아 괴롭히는데, 나처럼 팔로워 수가 수백 명에 지나지 않는 사람까지 공격할 줄이야. 이런 불상사가 일어나지 않도록 비공개 계정으로 전환했어야 하나.

잠깐. 내가 왜 이런 생각을 해야 하지? 다시금 분노가 솟구쳤다.

지극히 정당한 분노였다. 누군지도 모르는 사람에게 이런 악한 말을 들어야 할 이유는 어디에도 없다. 마음 같아서는 한술 더 뜨는 욕설로 맞서고 싶었지만 혐오자와 같은 수준으로 떨어지기도 싫었다. 그렇다고 해서 가만히 앉아 당하고만 있는 건 더 싫다. 모순된 감정들이 날카로운 모서리를 띠고 서로 부딪쳤다.

나는 숨을 크게 들이쉬고 혐오자에게 보내는 답을 쓰기 시작했다.

— 네, 다음 혐오자. ^^

어때, 이만하면 이성적이고 어른스러운 대응이지? 나는 애써 스스로를 응원하며 멘션 보내기 버튼을 눌렀다. 혐오자는 내가 대답하기만 기다렸다는 듯 부리나케 응수해 왔다.

— 뭐래ㅋㅋ 정병 자지공예남 주제에.

그 순간부터 내 손가락들은 이성의 통제를 벗어났다.

— 나 자지공예 안 했는데? 그리고 트랜스젠더는 정신병이 아니야. 공부 제대로 하고 오지?
— 대박. 심지어 자지도 안 떼고 여자라고 주장하는 거였어? 양심 어디다 팔아먹었나?
— 트랜지션 여부는 성별 정체성이랑은 상관없어.

혐오자는 내 말은 들은 척도 않고 막말을 퍼부어댔다.

— 너 같은 정신병자 변태남 새끼들 때문에 무고한 정상인들이 피해 입
  잖아. 너 같은 변태들이 가짜 가슴과 가짜 성기 달고 여자 흉내 내봤
  자 가짜는 가짜일 뿐이야. 너 같은 것들은 전부 국가적으로 격리시
  켜서 사형을 시켜야 하는데.
— 네가 무슨 권리로 날 사형시켜?
— 사형당하기 싫으면 자살하든가. 너 같은 것들은 세상에 존재하는 것
  자체가 인권 침해니까. 네가 목 매달고 손목 긋는다는 소식이 들리면
  나는 너무너무 행복할 것 같아. ^^

처음 보는 사람이 쏟아내는 악의 앞에 나는 압도당하고 말았다.
숨이 막히고 온몸이 벌벌 떨려왔다. 그러는 동안에도 혐오자의 욕
설은 멈추지 않고 이어졌다. 그의 악담은 구체적이고 정성스럽기까
지 했다. 그는 진심으로 내가 감옥에 끌려가 사형당하거나 자살하
는 날까지 저주를 멈추지 않겠다는 의지를 표명하고 있었다.

나는 꼼짝 못 한 채 핸드폰 화면을 내려다보았다. 지금껏 나에게
해방감을 안겨주었던 핸드폰은 독이 가득 담긴 그릇으로 변했다.
핸드폰을 멀리 던져버리고 벗어나야 하는데 움직일 수가 없었다. 강
제로 접속이 끊긴 인터넷 브라우저 화면처럼 머릿속이 새하얘졌다.

10
지예

"또 나가시려고?"

엄마가 텔레비전 앞에 앉아 과자를 먹으며 빈정거렸다. 나는 현관 앞에 주저앉아 부츠 끈을 풀며 못 들은 척했다.

"하여간 우리 집에서 제일 바쁘셔. 쉬는 날마다 뭐 하느라 그렇게 바쁜데?"

엄마는 쉬지 않고 잔소리를 퍼부었다. 일 분이라도 빨리 집에서 나가고 싶은데 부츠에 구멍이 너무 많았다. 씨발. 입속말로 욕을 하며 끈을 마구 당기는데 엄마가 확 가라앉은 목소리로 말했다.

"야. 너 방금 욕했지?"

가슴이 뜨끔했지만 모르는 척 입을 다물었다. 엄마는 과자 그릇을 찻상 위에 내동댕이치더니 벌떡 일어나 달려왔다.

"이게 아주 막 나가네. 어디 엄마한테 욕지거리야?"

엄마는 내 머리칼을 함부로 잡아당기며 귀청이 터지게 소리를 질렀다.

"머리는 왜 이래? 너 또 염색했어? 치마는 왜 그렇게 짧아? 술집이라도 나가려고?"

선 넘네. 나는 벌떡 일어나 엄마를 노려보았다. 엄마는 삼백안을 부릅뜨고 나를 마주 노려보았다. 나를 자기가 일하는 천원숍에서 파는 싸구려 물건처럼 취급하는 저 눈빛. 확 부숴버리고 싶다. 나는 으르렁거렸다.

"내가 뭘 입건 말건 무슨 상관인데?"

"네 엄마라서 상관 있다. 머리에 피도 안 마른 게 손바닥만 한 치마 주워 입고 야밤에 기어나간다는데, 아이고 우리 딸 장하다고 박수라도 쳐주랴?"

"어쩌라고. 부러우면 엄마도 치마 사 입든가."

엄마는 내 말은 들은 척도 않고 캐물었다.

"너 또 그놈의 전시회 보러 가는 거지? 아주 재벌 집 딸 나셨어."

"엄마가 무슨 상관인데?"

내가 쏘아붙이자 엄마는 팔짱을 척 끼더니 훈계조로 말했다.

"미술이고 예술이고, 그런 거는 있는 사람들이나 하는 놀음이야. 쥐뿔도 없으면서 그런 취미에 맛 들이면 쪽박 찬다? 막냇삼촌봐, 음악 한다고 그 난리를 피우더니 여태 장가도 못 가고 할머니 속 썩이잖아. 기껏 우리 가게에서 일 시켜줬더니 손님이랑 싸우기

나 하고. 하여간 민씨 집안 남자들이란……. 아무튼! 너 그 나이부터 이상한 헛바람 들면 나중에 어쩌려고 그래?"

엄마가 이럴 때 최고로 열받는다. 너 같은 건 정해진 대로 살 수밖에 없다는 저주에 가까운 단정. 무슨 권리로 내 인생을 함부로 재단하고 내 가능성을 깎아내리는데? 나를 낳았다는 이유만으로? 웃기시네. 숨이 거칠어지고 눈가가 뜨거워졌다. 나는 이를 악문 채 빈정거렸다.

"엄마는 참, 무식해서 좋겠어."

"뭐?"

"무식해서 부럽다고. 그러니 평생 그 수준으로 불만 없이 살지."

"너 미쳤어?"

"미친 건 내가 아니라 엄마지. 정신과는 언제 갈 건데? 내가 전부터 계속 추천해 줬잖아? 내가 대신 예약해 줄까?"

"야, 민지예!"

나는 어깨로 엄마의 가슴을 확 밀쳐버리고 현관으로 돌진했다. 엄마가 등 뒤에서 악을 썼다.

"너 나가면 다시는 못 들어올 줄 알아. 여기 내 집이야. 내 말 안 듣고 네 맘대로 하고 싶으면 나가서 혼자 살아!"

나는 현관문을 발로 뻥 차버렸다. 숨이 턱에 닿을 때까지 뛰어 큰길가로 달려 나왔다. 풀어진 부츠 끈이 땅바닥에 질질 끌렸다. 헐렁해진 부츠 때문에 발목이 꺾이며 넘어질 뻔했다.

"아 씨발 진짜!"

넘어지기 직전에 겨우 균형을 잡고 욕을 하는 나를 지나가던 아줌마가 흘끔거렸다. 넌 또 뭔데? 아줌마한테도 욕하고 싶은 걸 간신히 참았다. 기분 좆같네. 이게 다 엄마 때문이다. 자기 집이니까 자기 말 안 들을 거면 집을 나가라고? 부모 주제에 미성년자 자식한테 그런 말을 해도 돼? 홧김에 경찰에 가정폭력 신고 문자를 보낼까 하다가 참았다.

하던 말 또 하고, 소리 지르고 화내고. 일주일에 최소 6일은 엄마랑 부딪친다. 엄마는 나랑 선천적으로 안 맞는다. 나의 외모와 옷차림, 말투와 취향까지 나라는 존재를 구성하는 모든 것들이 엄마의 심기를 거스른다. 그건 나도 마찬가지다. 무식하게 큰 목소리, 식탐, 성형 괴물인 남자 트로트 가수를 좋아하는 삼류 취향까지 전부 다 최악이다. 우리가 같은 유전자를 지니고 있다는 사실이 믿어지지 않는다.

엄마는 내가 전시 보는 걸 질색한다. 부자 아닌 평범한 사람들에게 예술 취미는 시간 낭비라는 논리다. 그래봤자 나에게 엄마 말은 전혀 설득력 없다. 왜냐고? 우리 엄마야말로 인생 전체가 거대한 시간 낭비인 사람이니까. 고생만 시키는 아빠랑 결혼한 것만 봐도 그렇지. 치킨 장사 백날 해봤자 남는 것 하나 없다는 말을 입에 달고 살았던 주제에 이제 와서 치킨집을 아빠한테 맡기고 천원숍에서 일하는 것도 웃긴다. 예전에는 치킨집만 그만두면 행복해질 것처럼 말하더니 똑같이 힘들어하고, 똑같이 불행해한다. 뭐 하는 짓인지 모르겠다.

"다 이유가 있어서 그런 거야." 엄마는 항상 그 소리다. 무지하고 폭력적인 주제에 그럴 때는 한없이 체제순응적이다. 예전에 큰외삼촌이 돈 빌려가서 안 갚았을 때도 다 이유가 있어 그런 거라고만 했다. 이유가 있긴 뭐가 있냐고, 그냥 엄마를 만만하게 본 거라고 내가 말했더니 성을 냈다.

대부분의 사람들은 진실을 이야기하면 엄마처럼 화를 낸다. 거짓에 속더라도 현실에 안주하는 편을 택한다. 그렇게 자기 목소리를 잃은 앵무새가 되어가는 거다. 나는 그렇게 살기는 싫다. 나의 모든 생각과 행동들은 앵무새가 되지 않기 위한 저항이라고 할 수 있다. 나를 구속하고 재단하는 엄마랑 싸우는 것도, 아빠를 볼 때마다 속으로 비웃음을 멈추지 않는 것도.

민찌, 이제는 우현이라고 부르는 게 더 자연스러운 그 애는 앵무새들하고는 다르다. 우현이는 무지개 성소수자고, 자기 엄마한테 커밍아웃도 했다. 우리 학교에 그런 아이가 있을 줄은 솔직히 상상 못 했다. 그러니까…… 그런 특별한 사람은 온라인상에만 존재하는 줄 알았다.

우현이는 유치원 시절부터 자신의 성 정체성에 눈을 떴다고 한다. 난 유치원 시절 무슨 생각을 하고 살았는지 기억도 잘 안 나는데, 대단한 것 같다. 이제 우현이하고 나는 많이 친해졌다. 이제 나는 걔를 베프라고 부를 의향이 있다. 우현이는 내가 고등학교에서 사귄 첫 번째 친구이자 유일한 친구다. 우리는 교실에서 서로 합의하에 모른 척하고 있지만 트위터 쪽지나 카톡으로는 매일 끊임

없이 수다를 떤다. 그 애를 나의 취향에 차근차근 물들여가는 중이다.

비록 패션 취향도 좋아하는 음식도 겹치지 않는 우리지만 분명한 공통분모가 있다. 우리 둘 다 아직 한 번도 연애를 해본 적이 없다는 사실이다. 우현은 자기가 남자를 좋아하는지 여자를 좋아하는지 아직 확신이 서지 않는다고 했다. 한번은 우리 반 애 중 취향에 맞는 애가 있느냐고 대놓고 물어봤더니 "다 별로"라고 했다. 음…… 혹시 그건 나까지 포함한 대답이었을까? 궁금했지만 그 애에게 대놓고 물어보지는 않았다. 뭐, 나도 우리 반 남자애들은 공짜로 줘도 싫으니까. 물론 우현이는 남자가 아니긴 하다. 그렇다고 여자인 것도 아니지만, 그러니까 그 애랑 나랑은…….

씨발, 머리 복잡해지네. 아 몰라, 됐어. 인스타에 들어가자 새로운 피드 목록에 광순님의 계정이 떠올라 있었다. 당장 좋아요부터 눌렀다. 광순님은 새로운 이벤트를 준비 중이었다. 다음 달에 설치 미술가와의 컬래버레이션 퍼포먼스를 기획하고 있다고 했다. 기대감에 가슴이 뛰었다. 우현이도 꼭 데려가야지.

트위터에 들어갔다. 광순님의 새 전시 관련 트윗을 리트윗하려는데 심상치 않은 분위기가 느껴졌다. 우현이 누군가와 싸우고 있었다.

― 자살해 자살해 자살해 자살해 빠른 자살 추천

정체를 알 수 없는 계정이 우현에게 막말을 퍼붓고 있었다. 딱 봐도 이건 싸움이 아니라 악성 계정의 사이버 불링이다. 네가 뭔데 내 친구한테 자살하라 말라야? 방구석 여포 주제에. 너나 빨리 죽어.

불닭볶음면을 먹었을 때처럼 뱃속이 뜨거워졌다. 나는 악플러에게 욕을 한바탕 써 보내려다가 생각을 바꾸었다.

— 혐오 계정으로 트위터 본사에 신고 부탁드립니다.

나는 우현더러 '자살해' 어쩌고 지껄이는 멘션에 위와 같은 말을 덧붙여 인용 리트윗을 걸었다. 내 계정의 팔로워는 천 명이 넘으니 나름 효과가 있겠지. 응급처치를 마치고 우현에게 카톡으로 안부를 물었다.

— 괜찮아?
— 응...... 아니.

'응'과 '아니' 사이에 시간이 많이 걸렸다. 우현이 입은 내상이 장난 아닐 것이었다. 혐오 계정이 우현에게 퍼붓고 간 말들은 그만큼 저열하고 찌질하고, 잔인했다.

— 지금 붙은 쓰레기는 먹금해. 먹이 주면 신나서 더 달라붙으니까.

― 응. 알았어.

― 일단 신고부터 해. 난 이미 신고하고 왔어.

― 응. 지금 신고할게.

우현이 혐오 계정을 신고하는 동안 나는 그놈이 쓴 멘션 내용을 하나도 빼지 않고 화면 캡처했다. 혹시 나중에 고소 같은 걸 해야 할 수도 있으니까. 곧이어 우현이 제 계정에 '신고하고 왔어요'라고 써 올렸다. 나는 다시 카톡으로 물어보았다.

― 이제 좀 괜찮아?

― 응. 아까보다 많이 괜찮아졌어.

― 다른 계정 파서 또 찾아오면 욕하는 내용 전부 캡박해 놔. 혹시 모르니까.

우현은 눈물을 글썽이며 '고마워' 하는 핑크색 토끼 캐릭터 이모티콘을 보냈다. 나는 잠깐 고민하다가 제안했다.

― 편의점 갈래?

― 지금?

― 힘들면 다음에.

― 아냐. 괜찮아.

― 그럼 15분 뒤에 만나.

15분 뒤 우리는 서로의 집 중간 지점에 있는 편의점에서 만났다. 원래도 허여멀건한 우현의 얼굴이 마네킹처럼 창백하게 굳어 있었다.

"뭐 먹을래?"

"아무거나……."

열을 내서 그런지 시원한 게 당겼다. 우리는 원 플러스 원 행사를 하는 아이스크림을 사서 하나씩 나누어 먹었다.

"하여간 트위터에 미친 것들 너무 많다니까."

나는 아이스크림을 핥으며 조금 어색하게 말했다. 남을 위로하는 건 미안하다거나 고맙다는 말을 건네는 것만큼 어려운 일이다. 반대로 남을 욕하거나 원망하는 말을 하는 건 어렵지 않은데.

"그런 것들은 다 죽여버려야 하는데."

우현이 별말이 없길래 나는 되는대로 말했다. 온라인으로 말하면 이것보다는 훨씬 세련되게 표현할 수 있는데. 괜히 밖에서 만나자고 했나 보다. 후회스러워지려는 순간 우현이 입을 열었다.

"내 존재 자체가 인권 침해라네."

우현의 손에 들린 아이스크림은 한 입도 줄어들지 않았다. 녹은 크림 방울이 보도블록 위로 똑똑 떨어져 내렸다.

"나는 그냥 내 개인 계정에 셀카를 올린 것뿐이야. 아무도 해치지 않고 외모 갖고 욕한 적도 없어. 나랑 다른 생각을 하는 사람들을 굳이 찾아가서 싸운 건 적도 없고. 난 세상에서 싸움이 제일 싫어. 그런데 자기 맘대로 찾아와서 나보고 죽으래."

"아 뭐야. 그런 쓰레기가 한 말에 굳이……."

우현은 내 말허리를 자르며 계속 말했다.

"그 사람 말에서 진심이 느껴지더라. 나 말고 다른 퀴어 계정들한테도 욕을 하고 다니더라고."

"원래 싸불짓 하는 것들이 그렇잖아. 신경 쓰지 마."

"그 사람처럼 생각하는 사람들이 전체의 대부분이라면?"

우현이 갑자기 나에게 질문했다. 나는 말문이 막혔다.

"겉으로 티는 안 내더라도 다들 속으로는 그렇게 생각한다면? 난 언제나 그런 걱정이 들어."

당황스러웠다. 우현은 계속 말했다.

"내 외모가 충분히 여자 같아 보이지 않아서 그런가? 하지만 정말 완벽하게 여성으로 패싱되는 트랜스젠더도 자기 입으로 정체성을 밝히면 '그럴 줄 알았다, 남자 티 나더라'라며 욕을 먹어. 그혐오자도 그랬어. 아무리 여자 흉내 내봤자 나는 가짜일 뿐이래."

"그런 것들 하는 말에 신경 쓰지 말라니까. 그럴 필요 없잖아?"

"말처럼 쉬운 문제가 아니야. 그런 인간들이 잘못되었고, 편견에 찌든 혐오자들이라는 사실은 나도 잘 안다고. 그래도…… 아니 그래서 나는 더욱 인정받고 싶어."

"여자로 인정받고 싶은 거야?"

우현은 나를 바라보았다. 그 눈빛이 무척이나 슬퍼 보여서 나는 이유 모를 죄책감을 느꼈다. 그 애는 잠깐 뜸을 들이다 대답했다.

"그냥 나 자신으로 인정받고 싶을 뿐이야."

148

가슴이 뛰었다. 왜 그러는지 여전히 이유를 알 수 없었다. 그래서 나는 그냥 내 가슴이 시키는 대로 대답했다.

"그건 나도 마찬가지야."

말해 놓고 보니 우현이 입장에서는 어이없을 것 같았다. '나도 마찬가지'라니? 퀴어도 아닌 네가 뭘 아느냐고 반박할 것 같다. 그래도 어쩔 수 없다. 나는 진심으로 한 말이었으니까. 물론 진짜로 우현에게서 네가 뭘 아느냐는 말을 듣는다면 좀, 아니 많이 상처받을 것 같기는 하지만.

우현은 다 죽어가는 표정으로 되물었다.

"그래?"

"그래. 그리고 난 널 인정할 거야. 네가 여자건 남자건 둘 다 아니건 맞건 간에 너의 존재 그 자체를 인정한다고. 솔직히 말하자면 아직 너희 무지개들이 어떤 사람들인지 잘 모르겠어. 좀 헷갈리기도 해. 잘 모르지만…… 그래도 난 네 편이야."

아, 오그라든다. 나 왜 자꾸 이런 이상한 말만 하는 건데? 꼭 우리 엄마 같잖아. 논리도 없고, 유치하고. 역시 온라인으로 말했어야 했어.

나는 우현의 얼굴을 볼 자신이 없어서 보도블록에 떨어진 아이스크림 자국만 쳐다보았다.

"고마워."

우현이 들릴 듯 말 듯한 목소리로 속삭였다. 그제야 마음이 놓였다. 나는 핸드폰으로 인스타그램을 보는 척하며 대답했다.

"아이스크림 다 녹았잖아. 아깝게."

"그러게…… 아깝다. 한 입도 못 먹었는데."

선생님한테 야단맞은 초딩 같은 표정으로 중얼거리는 애가 답답해서 나는 괜히 큰 소리로 말했다.

"야, 됐어. 또 사먹으면 되지 뭐. 내가 쏠게."

나는 괜찮다고 사양하는 우현의 팔을 붙잡고 편의점으로 끌고 들어가 아이스크림을 사주었다. 사는 김에 나도 아이스크림 하나를 또 먹었다. 우현이는 이번에는 아이스크림을 제대로 베어 물었다. 창백했던 뺨에 그 애가 즐겨 입는 후드티 색깔이랑 꼭 같은 분홍빛이 살짝 돌았다. 한순간 나는 그 얼굴이 참 예쁘다고 생각했다. 그러자 차가운 아이스크림이 한겨울에 먹는 찐빵처럼 따뜻하게 느껴졌다.

이른 아침 매장 오픈을 앞둔 시간이었다. 모두가 네 일 내 일 가리지 않고 일하느라 정신없었다. 나도 계산대에서 가까운 여성용품 코너에서 진열 일을 도왔다. 부피가 큰 생리대는 진열하기 까다로웠다. 어떻게든 자리를 만들어 욱여넣느라 진땀이 났다.

"영주님, 뭐 해! 단톡방 안 봤어?"

수미가 내 등을 찰싹 때리며 말했다. 나는 그제야 단체 카톡방을 확인했다. '전원 이벤트 코너로 집합'이라는 파트장의 긴급 공지가 떠 있었다. 일손을 멈추고 부랴부랴 몸을 일으킨 순간,

"아!"

척추뼈를 타고 찌르르 쥐가 올랐다. 새우등처럼 굽은 채로 마비된 등허리를 억지로 뒤로 펴자 쥐는 순식간에 허리 아래까지 타

고 내려갔다. 치 떨리는 감각에 눈물이 찔끔 났다.

지난주부터 신경통이 도졌다. 둘째는 인터넷을 뒤져보더니 디스크 초기 증상이라며 수선을 떨었다. 아무리 그래도 설마 디스크일까? 십 년 넘게 사무실에 앉아 일하면서도 디스크가 터진 적은 없었는데. 물론 그때는 창창한 이삼십 대였고, 지금은 오십을 눈앞에 둔 중년이라는 심대한 차이가 있지만……

더럭 겁이 났다. 그래도 디스크는 아닐 거야. 아니어야 해. 나는 몇 년 전 남편이 디스크 수술을 받은 일을 떠올렸다. 돈도 돈이지만 얼마나 고생이었는지 모른다. 한집에 디스크 환자는 한 명으로 족하다.

나는 등허리에 손을 짚은 채 매장 입구 앞에 마련된 이벤트 코너로 향했다. 모든 직원이 총출동한 상태였다. 지난달 이벤트 진열대를 철거하는 것과 동시에 새로운 이벤트 제품을 진열하고, 새 디스플레이를 꾸미는 일까지 전부 매장 오픈 전에 마쳐야 하는 큰일이었다. 일손이 많이 필요해 보통 손님 뜸한 마감 시간에나 하는 작업인데 웬일로 아침 댓바람부터 난리일까.

"오픈 시간 코앞인데 왜 이래?"

내 속마음을 수미가 대신 말해 주었다. 파트장은 본사에서 보내온 이벤트 진열대 배치도를 고층 빌딩의 설계 책임자처럼 심각한 표정으로 들여다보며 대답했다.

"오늘 본사 전무님 긴급 시찰 나오신다잖아. 점장님이 톡방에 올린 내용 못 봤어?"

"아는데, 왜 하필 오늘이냐구. 정산 프로그램 꼬여가지고 아침부터 정신없어 죽겠는데."

"높으신 분들 깊으신 뜻을 우리가 어찌 아나."

전 직원이 합심해 달려든 끝에 삼십 분 만에 새 이벤트 매대가 완성되었다. 배치도와 거의 똑같이 완성된 디스플레이의 인증 사진을 찍으며 자화자찬하는 것도 잠시, 미뤄놓고 온 일감이 우리를 기다렸다. 나는 온종일 신경통 때문에 시골 할머니처럼 허리를 구부린 채 일했다. 계산대에 등받이 없는 직원용 의자가 놓여 있기는 했지만 쉽게 앉아지지 않았다. 계산대 뒤쪽 공간이 비좁은 탓에 의자는 거추장스럽기만 했다. 사람 편하라고 놓은 의자가 방해물이 된다니 우스운 일이었다.

"허리 많이 아파?"

손님이 뜸해진 틈을 타 수미가 말을 걸었다.

"어떻게 알았어?"

"자꾸 허리에 손을 짚으니까 그렇지."

근처에 있던 동료들도 질세라 한마디씩 보탰다.

"나는 아침마다 무르팍 아파 죽겠어."

"난 어깻죽지가 콕콕 쑤시더라."

몸 성한 사람이 하나도 없었다. 중년 여자들이 하루 종일 몸 쓰는 일을 하니 당연한 일이었다. 어느 한의원의 침술이 용하다는 정보를 나누려는 참에 개시 손님이 왔다.

처음에 비하면야 많이 익숙해졌지만 그래도 여전히 손님을 맞을 때마다 긴장해서 등이 굳어지는 나였다. 진상 손님들의 행동 양식은 제각각인 듯하면서도 한결같았다. 그들은 나이와 성별을 불문하고 미운 다섯 살처럼 굴었다. 셀프계산대 앞에서 헤매는 손님을 도와주려 하면 저 스스로 할 수 있다며 버럭 화내고, 먼저 도와달라고 청하는 손님에게 화면을 가리키며 자세히 설명해 주면 어디 감히 삿대질을 하느냐고 화를 냈다. 반항하는 사춘기 아이처럼 구는 어른들을 달래려면 정말로 어린애 취급하는 것밖에는 답이 없었다. 그래서 아이 엄마들만 직원으로 뽑는 게 아닌가 하는 의심이 들 정도였다.

비닐봉지를 걸고넘어지는 진상들도 꾸준했다. 비닐봉지 공짜로 달라고 억지 부리는 사람이 제일 많았고, 비닐봉지가 너무 작다고 툴툴거리는 이, 판매용 장바구니를 권하면 집에 이미 많이 쌓여 있다고 불평하는 이까지 일일이 꼽으면 한도 끝도 없었다. 이제 나도 어지간한 진상은 무시하는 요령이 붙었다. 사람 상대하는 일은 결국 사람에게 무뎌지는 일이다.

퇴근해서 허리에 파스를 붙이는데 수미가 블로그 주소 하나를 카톡으로 보내주었다. 예전에 효험을 보았다는 옆 동네 한의원의 블로그 주소였다. 수미는 매장에서 일을 시작한 지 얼마 안 되었을 때 무거운 박스를 들고 접이식 사다리를 내려오다 허리를 삔 적이 있다고 했다. 천만다행히도 뼈는 상하지 않았지만 몇 달을 고생했다며 학을 뗴었다.

매장 진열대 제일 위쪽 칸에 물건을 넣고 뺄 때 쓰는 접이식 사다리는 보기만 해도 겁나는 물건이었다. 신입사원 교육에서도 접이식 사다리의 위험성을 강조하며 어느 매장 직원이 사다리에서 추락하는 끔찍스러운 순간이 찍힌 CCTV를 틀어주었다. 사내 규정상으로는 사다리를 이용할 때마다 반드시 직원용 안전모를 쓰도록 권장했지만 현장에서는 아무도 안전모를 쓰지 않고, 안전모를 쓰게끔 단속하는 윗사람도 없었다. 그런 일터에서 주 6일을 무탈히 보내기만 해도 행운인 셈이었다. 사고를 당하지 않아도 어차피 몸은 고장 나게 되어 있다며 직원들끼리 농담을 주고받지만.

"아들, 밥 다 먹고 설거지 좀 할래? 엄마 허리가 아파서."

집에 돌아와 저녁 식사를 마치고 둘째에게 부탁했다. 둘째는 핸드폰만 바라보며 말이 없었다.

"아들?"

또 한 번 불렀지만 아이는 여전히 핸드폰만 쳐다보고 있었다. 파스 붙인 허리가 지끈 울리며 짜증이 솟았다.

"얘, 엄마 말 안 들려?"

아이는 벌떡 일어나더니 빈 그릇을 싱크대로 내던지고는 냅다 고함질렀다.

"제발 아들이라고 부르지 좀 말라고! 내가 그동안 몇 번이나 부탁했어? 엄마는 엄마 말 어쩌다 한 번 안 듣는다고 화내는 주제에 내 말은 왜 자꾸 못 들은 척하는데?"

그러더니 마룻바닥을 쿵쿵 울리며 제 방으로 뛰어 들어갔다. 쫓아가 방문을 두드리고 싶었지만 허리가 너무 아파 그만두었다.

오늘 일 쉬는 날이지. 항상 눈뜬 다음에야 깨닫는다. 쉬거나 일하거나 어차피 나의 아침 일과는 한 가지다. 세수를 마치고 나와서 앞치마부터 둘렀다. 냉장고에서 반찬거리를 꺼내다 밥솥에 남은 밥이 없다는 걸 알고 쌀부터 씻었다. 다용도실에서 어제 먹다 남은 시래깃국을 냄비째 꺼내 가스 불에 올리고 나니 남편이 일어났다.

둘째를 깨우고 나와 계란을 부치기 시작했다. 둘째는 분홍색 캐릭터 인형이 붙은 헤어밴드를 머리에 낀 채 식탁에 앉았다. 오늘도 어김없이 자외선 차단제인지 뭔지를 얼굴에 열심히 바르는 중이었다.

"밥 먹을 때는 머리띠 좀 빼지?"

내가 먼저 말을 붙였다. 둘째는 이마를 팍 구기더니 못 들은 척이었다. 여전히 삐져 계신 모양이로군. 아이는 며칠 전 밥상머리에서 성을 낸 뒤로 내도록 저기압이었다. 무슨 일 있느냐고 캐물어도 대답해 주지 않았다.

"일하러 안 가?"

늘어지게 하품을 하며 나온 남편이 의자를 끌어당기며 물었다. 나는 냄비 밑바닥에 가라앉은 시래기를 퍼올리며 대답했다.

"오늘 쉬는 날이야."

"그래? 더 자지 그랬어."

"내가 늦잠 자면 아침밥 다들 굶으려고?"

남편은 핸드폰으로 시선을 돌리며 나의 볼멘소리를 넘겼다. 부아가 치밀었다. 다른 식구들에게는 여느 날과 다름없는 평일 아침이지만 나에게는 일주일에 단 하루 주어지는 휴일인데. 나는 밥상에 앉으며 여봐란 듯 큰 소리로 선언했다.

"나 오늘 엄마네 집에 김장하러 간다."

"그래? 김장철 지나지 않았어?"

여전히 핸드폰만 보며 건성으로 되묻는 남편의 허옇게 센 앞머리에 눈길이 갔다. 남편은 때 이른 삼십 대 시절부터 머리가 세기 시작해 지금은 정수리 전체가 온통 철회색으로 물들었다. 남의 눈 생각해서 염색 부지런히 하라고 아무리 잔소리를 해도 들은 둥 만 둥이었다. 어쩌다 딸이 할아버지 같다고 놀리면 그제야 못 이기는 척 미용실에 갔다.

"작년에 엄마 항암 치료 하느라고 김장 못 했잖아. 이번에 해치우려고."

"어 그래, 수고해."

남편은 눈 깜짝할 새 밥을 다 먹고 일어섰다. 나는 둘째의 밥그릇을 들여다보았다. 손을 댄 흔적도 보이지 않았다.

"왜 이렇게 안 먹어, 너 또 다이어트 해?"

아이는 아기 염소처럼 입을 오물거리며 묵묵부답이었다. 나는 반찬 그릇을 그 애 앞으로 끌어다 놓으며 혀를 찼다.

"이렇게 말랐는데 무슨 다이어트야."

그 애는 한참 동안 씹은 밥을 사약처럼 비장하게 꿀꺽 삼키더니 물을 조금 마셨다. 커다란 녀석이 깨작거리는 꼴을 보고 있자니 속이 상했다. 출근하는 남편이 현관문을 닫는 소리가 들린 다음에야 비로소 앙다물려 있던 아이의 입이 열렸다.

"나 전혀 안 말랐어. 앞자리 6이야. 누나보다 뚱뚱하거든."

나는 아이가 입을 열었다는 사실만으로 반가워 괜한 호들갑을 떨었다.

"얘는? 누나는 여자잖아. 남자 몸무게 60킬로그램 대가 뭐가 뚱뚱해? 너는 아빠 닮아서 키도 큰데."

아이의 얼굴이 삽시간에 어두워졌다. 내가 또 무슨 말실수를 했나? 후회했지만 늦었다. 그 애는 젓가락을 팽개치듯 내려놓고 일어났다. 나는 부랴부랴 달랬다.

"엄마 커피 마실 건데. 너도 마실래?"

아이는 헤어밴드를 거칠게 벗으며 제 방으로 숨어들었다. 나는 웃자란 갈대청 같은 아이의 뒤태를 속절없이 바라보다 전기 주전자에 물을 올렸다. 애가 갈수록 왜 저럴까. 제 아빠 닮아 무던해 기르기 쉬웠던 첫째와는 달리 예민하고 섬세한 둘째는 아기 적부터 유별났다.

작년, 둘째의 고백은 느닷없었다. 이른바 '커밍아웃'이었다. 원래 아이 기르는 일은 느닷없는 사건들의 연속이라지만, 아무리 그래도 커밍아웃은 내 상상력의 범위를 과하게 뛰어넘는 사건이었다.

돌이켜보면 그 아이는 어릴 적부터 바지 입는 걸 질색하는 바람에 아침마다 어르고 달래며 전쟁을 벌여야 했더랬다. 아빠가 사준 자동차와 로봇 장난감을 몰래 내버린 적도 있었다. 그때는 아이가 엉뚱한 식으로 반항한다고만 생각했지 설마 저를 여자라고 믿을 거라고는 꿈에도 몰랐다.

나에게 그 아이는 조금 예민하기는 해도 기본적으로 순하고 기르기 쉬운 아이였다. 유별나서 손이 간 반면 보통 아들 엄마들이 겪는 문제는 거의 전혀 일으키지 않았으니까. 친구를 쥐어박아 다치게 하거나 여자아이를 울리는 일들 말이다. 그러고 보니 어릴 적부터 그 아이 친구들은 죄다 여자애들이었지. 동네 계집아이들이랑 옹기종기 모여앉아 소꿉놀이를 하고, 인형놀이를 하고…… 아무리 그래도 엄마인 내 눈에 그 아이는 엄연한 아들이고 사내아이다. 이렇게밖에 생각 못 하는 내가 '꼰대'인가? 요즘 젊은 아이들의 꼰대 기준이 너무 지나친 게 아니라?

김장을 마치고 집에 왔더니 벌써 오후 2시였다. 갓 담은 김치를 김치냉장고에 넣고 빨래를 돌리는 동안 방 청소와 화장실 청소를 하고 빨래를 넌 뒤 마침내 머루포도 한 송이를 씻어 들고 응접실 소파에 몸을 누였을 때는 해가 서쪽으로 기울어가고 있었다. 이렇게 황금 같은 휴일이 저물어 가는구나. 한숨을 쉬며 포도 한 알을 입에 던져넣는 찰나 신경통이 허리를 공격했다. 지난 며칠 사이 조금 나아졌나 싶더니 김장하면서 도진 모양이었다. 나는 홈쇼핑에서 충동구매한 저주파 치료기를 차돌처럼 굳어진 등허리에 붙이고 다시 드러누웠다. 팔순 노인 같은 신음이 새어 나왔다.

남의 돈 버는 게 쉬운 일이 아니야. 속으로 주문 같은 말을 중얼거리며 리모컨 전원 버튼을 힘겹게 눌렀다. 가끔 보는 버라이어티

159

쇼의 재방송이 흘러나왔다.

"알고 보니 그분께서 과거에는 남자분이셨던 거예요."

아침드라마에 종종 나오는 탤런트가 눈을 화등잔만 하게 뜨고 그리 말하자 패널들은 입을 모아 탄성을 내질렀다. 화면에는 '여자라고 믿었던 지인, 알고 보니 남자?'라는 요란한 자막이 떠올랐다.

채널을 돌릴까. 나는 갈등하다 결국 볼륨을 키웠다. 출연진들은 '성소수자', '트랜스젠더'라는 말을 몇 번 주고받다 다음 화제로 넘어갔다.

성소수자. 요즘은 동성애자를 저리 부르는 모양이다. 최근 몇 년 동안 뉴스며 방송에서 심심찮게 나오는 용어다. 옛날 방송에서는 '동성연애자'라는 말을 주로 썼다. 나는 다시금 둘째 아이가 커밍아웃하던 날을 돌이켜보았다. 아이가 대학교수처럼 진지하게 설명하기를 저는 '젠더퀴어'란다. 난생처음 듣는 말이었다. 젠더퀴어란 성소수자의 일종이라는데, 듣자 하니 트랜스젠더 비슷한 것 같았다. 한데 아이 말로는 젠더퀴어는 트랜스젠더랑은 또 다른 개념이란다. 트랜스젠더와는 다르고, 동성애자랑도 다르고, 그런데 성소수자의 일종이기는 하고. 뭐가 그리 복잡한지 기성세대 꼰대인 나는 따라잡기 어려웠다. 아무튼 내가 보기에 젠더퀴어란 트랜스젠더와 별다를 것이 없다. '여자가 되고 싶어 하는 남자' 결국 그런 사람을 일컫는 말 아닌가. 세상이 빠르게 변하니 쓰는 말은 더 빨리 변한다. 성소수자…….

아이는 여자아이가 되고 싶은 걸까? 내가 아는 트랜스젠더라고

160

는 연예인 하리수가 유일했다. 90년대 화장품 광고로 혜성처럼 나타났던 하리수는 기가 막히도록 여자 같았고, 어지간한 여배우보다 예뻤다. 그이 말고는 처녀 적 직장 회식 자리에서 남자 상사들이 이태원 트랜스젠더 유흥업소에 다녀온 이야기를 무용담인 양 주워섬기던 기억이 전부였다. 연예인이나 유흥업소 직원들이나 나처럼 평범한 주부는 평생 만날 일 없는 존재들이다. 그런 이들과 내 자식 사이에는 삼팔선을 가로지르는 철조망처럼 비일상적인 거리가 가로놓여 있다.

아이가 커밍아웃을 한 뒤 내도록 나의 머릿속을 떠나지 않는 생각이 있었다. 하리수가 성전환 수술을 받았다는, 벌써 한참 예전에 라디오인지 텔레비전인지 아무튼 방송에서 들은 이야기였다. 수술이라니, 그것도 성전환 수술이라니. 그 문제가 떠오르면 내 생각은 거기서 딱 멈추어버린다. 세상 그 어떤 부모가 생때같은 자식 몸에 칼 대는 생각을 하고 싶어 할까.

둘째의 정수리를 헤쳐보면 손가락 한 마디 길이의 꿰맨 흉터가 있다. 아이가 막 두 돌이 되었을 때 아파트 현관에 날아든 나비를 잡겠다고 뛰다 넘어지는 바람에 아파트 계단 모서리에 뒤통수를 찍은 상처였다. 피가 줄줄 흐르는 아이의 머리통을 두 손으로 감싼 채 혼비백산해서 멀리 부산에 출장 가 있는 남편에게 전화를 걸었다가 119에 신고부터 하라는 면박을 듣고 겨우 정신을 차렸던 기억이 엊그제처럼 생생하다.

아이 몸의 손톱만 한 상처도 부모 마음에는 앙금으로 남는데 타고난 성별을 바꾸는 대수술이라니 상상만 해도 끔찍스럽다. 비록 아이가 성전환 수술을 받고 싶다고 말한 건 아니지만 혹시 모르는 일 아닌가? 저를 남자라고 생각하지 않는다는데, 그렇다면 언젠간 여자 몸으로 살고 싶어 할지도. 생살을 칼로 도려내야만 원하는 삶을 얻을 수 있다니 너무 가혹하다. 아이는 왜 하필 그렇게 고된 길을 걸어가려는 걸까? 그 길이 어떤 길인지는 알고 그런 말을 하는 걸까? 아픈 길을 최대한 피해 가려고 애를 써도 피해 갈 수 없는 게 인생살이인데.

아이를 기르는 일은 매 순간 새로운 고비를 넘기는 일이다. 갓난쟁이가 처음 걸음마를 떼는 날, 처음 제 방에서 혼자 잠드는 날, 처음 혼자 학교에 가고 수학여행을 다녀오는 날. 성장의 고비를 하나씩 넘길 때마다 아이는 부쩍부쩍 자라나고 부모는 마음의 짐을 아주 조금씩 내려놓는다. 이 고비 또한 이미 지나간 고비들처럼 시간이 해결해 줄 문제일까?

점심시간을 딱 십 분 남기고 격렬한 요의가 덮쳐왔다. 오늘따라 유인계산대에는 환불 반품 손님들이 줄을 섰다. 나는 다리를 비비 꼬아가며 힘겹게 큐알코드를 찍었다. 포스 담당 직원에게 근무시간 중 화장실 출입은 금물이었다. 식은땀을 흘리며 열 시간만큼 느리게 흐르는 십 분을 견딘 끝에 부리나케 화장실로 뛰어들어갔다. 얼마나 오래 참았는지 오줌 줄기가 멈출 생각을 하지 않았다. 일을 다 보고 나니 온몸에 힘이 쭉 빠지며 바지 추스를 힘도 솟지 않았다. 나는 변기에 걸터앉은 채 잠깐 쉬었다.

"나는 뭐 좋아서 주말에 일하는 줄 알아?"

느닷없이 화장실 문밖에서 면도날 같은 목소리가 들려왔다. 누군가 전화통화를 하는 모양이었다. 나는 변기 칸에 갇힌 채 본의 아니게 모르는 여자의 통화를 엿들었다.

"당신은 어제도, 오늘도 집에 있으면서 애한테 그거 하나 못 해 줘? 애가 얼마나 속이 상했는지 나한테 카톡으로 '아빠 게임 한다고 대답도 안 해' 그러더라!"

아이고, 부부싸움이구만. 여자가 주말에 일하러 나와 있는 동안 남편에게 아이를 맡겨놨다가 사달이 났다는, 애 엄마들한테는 놀라울 것도 새로울 것도 없는 레퍼토리였다.

"뭐? 내가 카톡 했으니까 된 거 아니냐고? 그걸 말이라고 하니? 일하면서 애랑 카톡 하느라 얼마나 눈치 보이는 줄 알아?"

여자는 전화기 너머의 남편을 사납게 몰아붙였다. 뭐 저렇게 그악스러운 여자가 다 있어. 나는 속으로 혀를 차다 문밖의 여자는 화장실에 저 혼자뿐이라 믿고 저런다는 생각에 조금 미안해졌다. 듣는 사람 없는 곳에서 누군들 무슨 말을 못 할까. 혐오감이 연민으로 변하려는 찰나 여자가 벽력같은 고함을 내질렀다.

"야! 너만 일해? 네 일만 일이고 내 일은 장난이냐? 난 뭔데? 내 존재는 대체 뭐냐고!"

세상에. 기가 질렸다. 그나저나 이러다가는 점심시간 끝날 때까지 변소에 갇혀 있을 짝이다. 하는 수 없이 나는 변기 물을 내려

화난 여자에게 듣는 사람이 있음을 알렸다. 그러자 고함이 거짓 말처럼 뚝 멈추더니 여자가 바삐 화장실 밖으로 걸어 나가는 소리가 들려왔다.

마침내 변소 감옥에서 해방된 나는 화장실 밖으로 슬쩍 나가보았다. 여전히 전화기에 대고 소리를 질러대며 복도 저편으로 걸어가는 여자는 나와 같은 유니폼을 입고 있었다. 우리 매장 파트타이머 동료였던 것이다. 뒷모습만 보여서 누군지는 모르겠지만, 못 볼 꼴을 봤다. 부끄러움에 얼굴이 화끈거렸다.

"나는 뭔데? 내 존재는 대체 뭐냐고!" 화장실 거울 앞에 선 채 이름 모를 동료의 악다구니를 떠올렸다. 최저가 생활용품점에서 최저 시급을 받는 파트타이머 아줌마. 그것이 그와 내 존재에 붙어 있는 이름이다. 4대 보험을 적용받고 월차 휴가도 쓸 수 있지만 정규직은 아닌, 직장인도 아니고 주부도 아닌 모호한 경계에 서 있는 중년 여자.

거울 속에서 그 여자가 흐리멍덩한 눈으로 나를 쳐다보고 있었다. 처녀 적에는 내가 이렇게 살리라고는 상상도 못 했는데. 고층 빌딩의 엘리베이터를 타고 오르내리며 언젠간 나도 저 선배처럼 혹은 동료처럼, 적어도 내 친구만큼은 살 수 있겠거니, 그때는 막연히 그리 믿었다. 그건 낙관이었지만 그렇다고 해서 주제 넘은 헛꿈이지도 않았다. 나에게는 무엇이 부족했던 걸까?

문득 거울에 비친 여자의 얼굴이 꼴도 보기 싫어졌다. 나는 수도꼭지를 틀어 거울 위에 찬물을 끼얹어버렸다. 나 원 참. 이렇게 넋 놓고 쓸데없는 생각이나 하고 앉아 있는 게 지긋지긋해서 시작한 일 아니었어? 나이 오십 다 된 여자가 일자리 구하는 게 얼마나 어려운지 다 알고 시작한 일 아냐. 일할 곳이 있다는 것에 감사해야지. 안 그래?

그리 생각하자 거울에 비친 여자의 얼굴이 점차 흐릿해지고 새빨간 빛깔의 유니폼만 남았다. 영수증을 발급하고 비닐봉지를 내주고 화장실 위치를 알려주고 언제나 감사하는 마음으로 인사하고 사죄하는 존재. 문득 내가 가전제품 같다는 생각이 들었다. 왼쪽 가슴에 달린 이름표도 냉장고나 세탁기에 붙은 전원 버튼 같아 보였다. 이 이름표에 엄마나 와이프라는 이름을 넘어서는 가치가 있을까? 사람이란 왜 자꾸 안이 아닌 밖에서 제 존재의 이유를 찾아내려고 헛된 용을 쓰는 걸까.

나는 다시 찬물을 세게 틀어 손을 씻었다. 몸이 힘들면 생각도 꼬이는 법이었다. 당이 떨어지니까 자꾸 잡생각이 들지. 빨리 내려가서 밥부터 먹자.

"자기, 자기!"

밥을 먹고 계산대로 돌아갔더니 수미가 호들갑을 떨며 나를 불렀다.

"왜?"

수미는 내 귓가에 입을 바짝 갖다 대더니 국가 기밀이라도 누설하듯 속삭였다.

"옷에 빵꾸 났어."

165

"어머, 어디?"

"거기, 오른쪽 겨드랑이 밑에."

나는 무심코 겨드랑이를 들어보았다가 기겁을 했다. 유니폼 오른쪽 겨드랑이 부분에 엄지손톱만 한 구멍이 뚫려 있었다. 겨드랑이 터진 옷을 입고 아침 내내 일했다고 생각하니 기가 막혔다.

퇴근길에 집 근처 수선집에 들러 유니폼을 맡겼다. 사장님 솜씨 좋기로 동네에 소문이 자자한 수선집에는 먼저 기다리는 손님이 셋이나 있었다. 수선집 사장님은 세 사람의 옷을 한꺼번에 봐주느라 분주하게 움직이다 들고 있던 초크를 바닥에 떨어뜨렸다. 내 바로 앞에 서 있던 여자 손님이 초크를 냉큼 주워 들어 사장님에게 돌려주며 말했다.

"저도 쓸모가 있죠?"

나는 무심코 그의 얼굴을 보았다. 애교 있는 말투와는 달리 안쓰러운 표정을 짓고 있었다. 순간 그 모르는 여자의 손을 덥석 붙들고 싶다는 충동이 들었다. 가족들을 모두 일터와 학교로 내보내고 텅 빈 집에 혼자 앉아 있을 때, 그 고요한 자유를 만끽하면서도 마음 한구석에서는 떼어낼 수 없는 불안을 느꼈던 내 모습이 겹쳐서.

"그럼. 쓸모 있고 말고요."

사장님이 생글생글 웃으며 맞장구를 쳐주자 여자는 부끄러운 듯 고개를 숙이며 배시시 웃었다. 문득 오늘 일터 화장실에서 겪었던 일이 떠올라 나는 그 여자와 함께 부끄러워하며 위로받았다.

존재 이유니 가치니 쓸모니 하는 것들이 불러일으키는 공허함의 대부분은 누군가의 따뜻한 말 한마디로 채워지는 인정 욕구인지도 모른다. 그걸 알면서도 늘 아등바등, 전전긍긍하며 사는 것도 어쩔 수 없는 일이다. 인간이니까.

"아유, 어디서 이렇게 빵구를 뚫어갖고 오셨어? 민망하셨겠다."

내 차례가 왔다. 남자임에도 말투나 몸짓에서 나긋나긋한 분위기를 풍기는 수선집 사장님을 볼 때마다 반사적으로 둘째가 떠오른다. 그 아이가 작년에 커밍아웃을 하기 전에는 이런 생각을 한 적이 없었다. 생각이 들더라도 대수롭지 않게 날려 보낼 수 있었는데.

"오셨어요?"

가게 안쪽 작업실에서 여자 사장님이 옷 무더기를 한 아름 짊어지고 나오며 인사를 건넸다. 키도 덩치도 남자처럼 크고 성격도 호탕한 여자 사장님을 보면 일터의 수미가 떠오른다. 여자 같은 남자 사장님하고는 정반대로 성별이 바뀐 부부라고 동네 아줌마들 사이에서 소문이 났다. 그래도 이 내외는 금실이 좋아 자식을 넷이나 낳아 명문대에도 보내고 결혼도 시켰단다.

자꾸만 우리 둘째 생각이 난다. 우리 아이도 수선집 사장님처럼 남들 눈에는 조금 유별나 보일지언정 삶 자체는 평범하게 살아갈 수는 없는 걸까? 충분히 그럴 수 있을 것 같은데…….

삶에는 정해진 답이 없다는 걸 내 아이는 알까. 나도 이 나이 먹도록 세상과 삶을 모른 채 무턱대고 살아왔고, 지금도 여전

히 모르는 것들이 훨씬 많다는 걸 너는 모르겠지. 아직 모르는
게 당연한 일이지. 너는 이제 겨우 열일곱 살이니까. 하지만, 그래
도…….

12
우현

　중간고사 기간이 시작되었다. 나는 집 근처에 새로 생긴 24시간 독서실의 회원권을 끊었다. 독서실 갈 때 핸드폰은 집에 놓고 간다고 결심했지만 역시나 실패였다. 집에서도, 학교에서도, 독서실에서도 핸드폰에서 눈을 뗄 수가 없다. 지금까지는 그냥 순수하게 보고 싶어서 봤다면 이제는 끔찍한 공포 영화처럼 보기 싫은데도 자꾸 보게 된다. 이런 걸 트라우마라고 부르는 건지도 몰랐다.

　얼마 전 나는 트위터에서 성소수자 혐오자에게 사이버 불링을 당했다. 갑자기 나타나 욕을 퍼붓는 혐오자와 말싸움을 벌이다 지예의 조언을 듣고 트위터 본사에 혐오 계정으로 신고했다. 그러나 혐오자의 테러는 그날로 끝나지 않았다. 바로 다음 날 또 다른 익명 계정이 나타나더니 나에게 욕설을 퍼부었다. 욕설 내용은 똑같았다. 나 같은 존재는 정신병자 변태이며, 가짜고, 살 자격도 없다는 말들이었다. 신고로 계정 정지를 당한 혐오자가 또 다른 계정을 만들어 온 것이었다. 지예는 나보다 더 화를 냈다. 나한테는 무시하라고 충고했던 주제에 돌아온 혐오자와 한바탕 키배를 뜨기도 했다. 솔직히 고마웠다. 지예가 없었다면 훨씬 더 견디기 힘들었을 거였다.

그날 이후 나는 죽고 싶다는 생각에 시달렸다. 죽으면 혐오자가 원하는 대로 되어줄 뿐이라는 걸 알면서도 멈출 수 없었다. 나쁜 생각 멈춰, 이제 그만 현생 살자. 억지로 털어내려고 했지만 잘 되지 않았다. 나는 내내 엎드려 있다가 핸드폰만 들고 독서실에서 나왔다. 편의점에 들렀지만 아무것도 먹고 싶지 않아서 그냥 나와 버렸다.

하릴없이 걷다 큰길까지 나왔다. 전철역 앞 천원숍 간판이 보였다. 엄마가 일하는 곳이다. 통유리 너머로 빨간색 유니폼을 입은 아줌마들이 분주하게 움직이고 있었다. 엄마도 열심히 일하고 있겠지? 천원숍은 매일 학교 끝나고 꼭 들리는 참새 방앗간이었는데 엄마가 일을 시작하고서는 되도록 안 가고 있다. 엄마가 부끄러워 그러는 게 아니다. 일하는 엄마한테 방해가 될 것 같아서다.

"얘!"

나는 깜짝 놀라 멈추어 섰다. 길 건너편에서 빨간 유니폼을 입은 엄마가 나를 향해 손을 커다랗게 흔들고 있었다.

"우현아!"

또 '아들'이라고 부르면 못 들은 척할 생각이었는데 엄마는 웬일로 이름으로 불러주었다. 내가 요즘 계속 화를 내서 그런가. 나는 엄마를 향해 손을 살짝 들었다. 엄마가 웃으며 뭐라고 말하는데 차 소리 때문에 들리지 않았다. 가게 안에서 키 큰 아줌마가 나오더니 엄마를 불렀다. 엄마는 나에게 손을 한 번 더 흔들고 가게 안으로 사라졌다. 엄마를 보니까 슬슬 독서실로 돌아가야 할 것 같다는 생각이 들었다.

독서실에 간 나는 억지로 문제집을 풀려고 노력하다가 아무것도 못하고 집으로 갔다. 엄마 혼자 응접실에 앉아 사과를 깎으며 텔레비전을 보고 있었다. 나는 곧장 방으로 들어가려다 말고 엄마 옆에 털썩 주저앉았다.

"아까 왜 나와 있었어? 벌써 농땡이 부려?"

핀잔하면서도 엄마는 막 깎은 사과 한 조각을 내 입가에 들이밀어 주었다. 나는 힘없이 고개를 돌렸다.

"얼굴이 왜 그래?"

엄마가 눈을 휘둥그레 뜨며 캐물었다. 뜬금없이 울 것 같아져서 나는 고개를 푹 숙였다. 코끝이 독감에 걸렸을 때처럼 지잉 울렸다. 나 왜 이러지. 평소 같으면 어린애 취급 받는 게 싫어서 짜증을 부렸을 텐데. 지금은 엄마에게 무턱대고 털어놓고 싶다. 엄마, 누군지도 모르는 사람이 나보고 죽으래. 나는 변태 정신병자고, 살 가치도 없대.

엄마는 알까? 내가 지금 죽을 만큼 힘들다는 걸. 비록 한 번도 내가 얼마나 힘든지 있는 그대로 털어놓은 적은 없지만 그래도 혹시 알아주지 않을까. 엄마라면.

"너 또 감기 걸렸어?"

혹시나 했더니 역시나였다. 그래, 엄마가 알긴 뭘 알아. 나는 입술을 꼭 깨물고 도리질을 쳤다. 그 덕에 막 쏟아지려고 했던 눈물이 쏙 들어갔다. 엄마는 손을 뻗어 내 이마에 손을 짚고는 이마에 주름을 잔뜩 잡으며 중얼거렸다.

"열은 없는데……."

엄마는 나를 몰라도 너무 모른다. 알려고 노력하지도 않는다. 커밍아웃까지 했는데 말이다. 엄마가 미웠지만 내 이마를 감싼 엄마 손바닥의 메마른 감촉까지 미워지지는 않았다. 나는 어색하게 고개를 숙이며 엄마의 손에서 빠져나갔다.

엄마랑 나는 나란히 앉아 드라마를 보았다. 드라마는 엄마가 좋아하는 드라마답게 뻔하고 유치하며 성별 이분법적 편견에 충실한 내용이었다.

"엄마는 저런 언피시한 드라마가 그렇게 재밌어?"

"언피시가 뭐야?"

"정치적으로 올바르지 못한 것."

"어휴, 얘는 무슨 드라마에서까지 정치를 찾아. 골치 아프게."

그냥 말을 말자. 엄마 아빠에게 '정치'란 부패한 정치가들이 서로 인신공격이나 일삼는, 딱 그런 개념을 벗어나지 않았다. 나는 속으로 혀를 차며 하릴없이 계속 드라마를 보았다. 드라마 속에서는 '나는 지리멸렬한 성별 이분법 고정관념에 충실하게 만들어진 악역입니다'라고 이마에 써놓은 것 같은 여배우가 온몸에 명품을 휘감고, 백화점 판매 직원으로 일하는 주인공에게 생트집을 잡으며 막말을 퍼붓고 있었다. 나는 얼굴을 찡그리며 엄마에게 물었다.

"엄마 일하는 곳에도 저런 진상 있어?"

"있지."

짧게 대답하는 엄마의 눈길은 드라마 속 진상 역할 배우의 얼굴에 못 박혀 있었다.

"엄마도 진상한테 이유 없이 욕먹은 적 있어?"

"……있지."

욕을 한다고? 우리 엄마한테? 단숨에 머리가 뜨거워졌다. 나는 똑바로 앉으며 캐물었다.

"뭐라고 욕하는데?"

"어휴. 그런 걸 알아서 뭐 하려고."

"화나잖아. 대체 왜 욕해? 자기가 뭐라고?"

"이유 없어. 그냥 생트집이고 생떼 부리는 거지 뭐."

"이유도 없이 욕먹으면 엄마는 어떻게 해?"

"어쩌기는. 그냥 오늘 일진 더럽구나 하고 넘어가지."

나는 속이 터져서 목소리를 높였다.

"어떻게 그냥 넘어가? 엄마는 억울하지도 않아?"

"억울해도 내가 어떻게 할 수 있는 방법이 없잖아."

엄마는 어깨를 으쓱했다. 어이가 없었다. 엄마가 당한 일이 꼭

173

내가 당한 일처럼 느껴지며 참을 수 없는 분노가 밀려왔다. 그런데 정작 엄마는 꼭 남 이야기라도 하는 양 무심한 태도로 드라마나 보고 있다. 어떻게 그럴 수 있어?

"엄마 직장에서는 직원 보호도 안 해줘?"

"얘는. 엄만 직원 아니고 비정규직 알바잖아. 알바한테 보호는 무슨 보호야. 어차피 높은 사람들은 아랫사람들한테 무슨 일이 일어나는지도 몰라. 그 사람들은 그 사람들대로 엄청 바쁘거든."

"뭐야. 그런 게 어딨어? 비정규직은 법으로 보호도 못 받아? 청와대 청원 올려야 하는 거 아냐? 내가 지금 당장 올려?"

"아이고, 됐네요."

나는 씩씩거리며 따져 물었다.

"아빠한테는 말했어?"

그랬더니 엄마는 깔깔 웃었다.

"야, 아빠한테 무슨 힘이 있다고?"

"그래도…… 아빠가 도와줄 수도 있잖아?"

"아빠한테 얘기하면 아빠가 뭐라고 할 것 같니?"

엄마가 대뜸 되묻는 바람에 말문이 막혔다. 엄마와 아빠 단둘이서만 무슨 이야기를 하는지는 한 번도 상상해 본 적 없고 솔직히 말해 별로 궁금하지도 않다. 그건 나의 트위터 민찌 계정을 엄마랑 아빠한테 보여주는 것만큼이나 불편하고 징그러운 일이었다. 내가 아무 말도 못 하고 있자 엄마는 자문자답을 했다.

"그러게 왜 그런 일을 한다고 해서."

아. 나는 멍해졌다. 헛웃음이 나올 만큼 엄마가 완벽하게 아빠의 말투와 표정을 흉내 낸 탓만은 아니었다.

"그런 대답 들을 게 뻔하잖아. 그러니 그냥 처음부터 아무 말도 안 하는 게 나아."

그러더니, 엄마는 아무 일도 없었다는 듯 다시 드라마에 빠져들었다.

지극히 짧은 시간 동안이었지만 나는 엄마 마음을 고스란히 이해할 수 있었다. 엄마가 일터에서 느껴야만 했던 슬픔과 외로움이 마치 내가 직접 겪은 것처럼 생생하게 느꼈다.

나는 알 수 없는 힘에 떠밀리듯 말했다.

"나도 그래, 엄마."

엄마는 사과를 깎다 말고 나를 보며 되물었다.

"응? 뭐라 그랬어?"

엄마, 나 온라인에서 이상한 사람한테 괴롭힘당하고 있어. 내 존재 때문에 자기가 피해를 보니까 내가 죽어야 한대. 단지 내가 남들과 다르다는 이유만으로……. 그렇게 다 털어놓고 싶었다. 그런데 입술이 움직이지 않았다. 말하고 싶은데 말할 수가 없었다. 다리를 대가로 목소리를 잃은 인어공주가 된 것처럼.

내가 트위터에서 겪은 일을 알면 엄마는 뭐라고 할까? 커밍아웃했던 날 엄마가 보였던 모호한 태도가 떠오르며 마음이 어두워졌다. '그러게 왜 트위터 같은 걸 해서', '그러게 왜 인터넷에 함부로 셀카를 올려서', '그러게 왜 모르는 사람들에게 성 정체성을 드러내서'…… 엄마도 꼭 그런 식으로 나를 비난하지는 않을까.

"방금 뭐라고 했어? 엄마 못 들었어."

엄마는 정말로 내 말을 못 들은 듯 재촉했지만 나는 그냥 입을 다물기로 했다. 사람들은 마음속에 가두어진 슬픔을 어떻게 다룰까. 나는 내가 다른 아이들과 다르다는 사실을 깨달았을 때부터 언제나 그것이 궁금했다. 어른들은 슬픔이나 우울이라는 감정을 모른다고 생각했다. 외할머니가 아주 많이 아팠을 때도 엄마는 지금처럼 텔레비전 드라마를 보며 실없이 웃고만 있었다. 하지만 막상 외할머니의 병간호를 도맡은 건 엄마였다.

한없이 무신경해 보이는 엄마 역시 슬픔과 고통을 아는지도 모른다. 어른들이 슬픔을 모르는 게 아니라면, 이미 슬픔을 알고 있는데도 어떻게 그렇게 아무렇지 않을 수 있는 걸까? 어떻게 하면 그렇게 무감각하게 굴 수 있는 걸까? 어른이라는 존재는 다시 정체불명의 단단하고 딱딱한 갑옷을 뒤집어쓴 채 내 곁에서 멀리 떨어져갔다.

— 이번 주 토요일 저녁에 뭐 해?

잠이 안 와 뒤척이고 있는데 지예가 트위터 쪽지로 말을 걸었다. 나는 부리나케 답쪽을 보냈다.

— 토욜? 딱히 뭐 없는데, 왜?

지예는 대답 대신 인스타그램 주소를 보냈다. 주소에 접속하자 '대안공간 파이(π)'라는 이름의 계정이 떴다. 그곳에서 이번 토요일에 미술가와 음악가와 소설가 세 사람이 힘을 합쳐 아주 특별한 합동 퍼포먼스를 펼칠 예정이라고 했다.

— 그런데 대안공간이 뭐야?
— 전시장? 공연장? 카페? 아무튼 그런 거 다 하는 곳이야.

그래, 아무튼 재미있겠지. 그동안 지예가 『이상한 나라의 앨리스』에 나오는 흰토끼처럼 나를 데려간 곳들은 전부 재미있고 특별했다. 크고 작은 전시와 판매 행사들, 예전에 갔던 옥상 클럽까지. 특별한 어른들이 모이는 특별한 세상들. 그 세상들은 트위터와 인스타그램을 한 움큼 떠내어 현실 위에 그대로 부어놓은 세상이기도 했다. 그곳을 찾는 어른들은 대부분 SNS를 적극적으로 활용한다. 그런 사람들이 오프라인에 모이니 자연스럽게 SNS에서 주로 나오는 화제들, 예를 들면 정치와 인권 문제, 환경 문제, 문화 예술에 관한 진지한 대화가 오가고는 했다. 그런 이야기가 들려올 때는 나도 덩달아 귀가 쫑긋해졌다. "그들은 앵무새가 아니야." 지예는 늘 그렇게 말했고 이제는 나도 그 말에 공감했다.

사실 내 관심사는 따로 있었다. 다름 아닌 무지개들이었다. 전시나 행사장에 오는 사람들 중 무지개들을 찾아내는 건 나만의 비밀스런 즐거움이었다. 개중에는 내 트위터 계정으로 '어제 행사장에서 본 것 같다'며 쪽지를 보낸 사람도 있었다. 처음에는 숨은 팬이라도 생긴 것처럼 우쭐한 기분이 들었는데 막상 그 사람의 계정을 구경해 봤더니 얼굴이 너무 심하게 별로라서 실망했더랬다. 트위터에 셀카를 올리다 보면 간혹 그 사람처럼 쪽지를 보내오는 사람들이 있었다. 물론 그런 사람들이랑 오프라인 만남까지 가진 적은 아직 없다. 그런 사람들의 대부분은 다짜고짜 자기 성기 사진을 보내는 무례한 변태들이었다. 아주 가끔 호감이 가는 사람들도 있기는 하지만 솔직히 무서웠다. 실제로는 어떤 사람일지 모르니까.

하지만…… 이렇게 오프라인 전시나 행사장에서 마주친 적 있는 사람이면 좀 다르지 않을까? 어디까지나 만일이지만, 완벽하게 나의 이상형에 들어맞는 사람이, 잘생기고 어른스럽고 담배도 안 피우는 그런 사람이, 전시장에서 '그동안 당신을 지켜보고 있었어요' 하고 말을 걸면 어떡할까? 완전 망상이다. 이런 생각 하는 내가 부끄럽다 정말. 하지만…… 그래도 혹시 모르는 일이잖아.

— 갈 거지?

지예가 독촉했다. 나는 가겠다는 답을 보낸 뒤 대안공간 파이의 인스타그램 계정을 구경했다. 예전에 갔던 안티매터 클럽이 떠올라 가슴이 두근거렸다. 이곳에는 어떤 특별한 어른들이 찾아올까?

불현듯 안티매터에서 만났던 버킷 햇 쓴 사람이 떠올랐다. 오색

찬란한 미러볼을 따스한 눈빛으로 바라보던 그 사람, 그 어른. 만일 그와 다시 만난다면 좀 더 길게 이야기를 나누어보고 싶었다.

상상에 빠져드는 동안 혐오자가 할퀴어놓은 상처가 조금씩 아물어갔다. 버킷 햇 쓴 사람의, 비록 한순간이기는 했지만 숨이 멎을 만큼 잘생겼던 얼굴과 무지갯빛 파편을 사방에 흩뿌리며 돌아가는 커다란 미러볼을 떠올리자 나의 심장은 불안을 밀어내는 희망을 품고 꿈틀거리기 시작했다.

13
영주

오늘도 눈 깜짝할 새 밥 먹을 시간이 돌아왔다. 탕비실에서 나 홀로 점심상을 차렸다. 집에서 싸온 건 찬밥뿐이고 반찬은 어제 먹다 남긴 걸 탕비실 냉장고에서 꺼내 먹었다. 이렇게 '혼밥'을 할 때면 아이들을 학교에 보내놓고 혼자 대충 점심 때울 때 같다는 생각이 들었다.

탕비실 밖에서는 진열 팀들이 카트를 끌고 분주하게 오가는 소리가 들려온다. 수미나 다른 동료들이랑 수다를 떨며 푸짐한 도시락을 나누어 먹던 시절이 그리워진다. 나는 쓸쓸한 마음을 떨쳐내려고 유튜브로 음악을 틀어놓고 밥을 먹었다.

"저녁이 되면 의무감으로 전화를 하고……."

'90년대 히트곡 모음'에서 흘러나오는 공일오비 노래를 흥얼거리며 따라 부르다 가족 단톡방에 들어가보았다. 대화 창은 잠잠했다. 아직 다들 바쁠 시간이지. '외로워~!' 하며 우는 곰 캐릭터 이모티콘을 단톡방에 보내놓고 유튜브로 되돌아가려는 찰나 둘째가 카톡을 보냈다.

— 오늘 학교 끝나고 친구랑 놀다 조금 늦게 들어갈게요.

어쭈. 나는 곧바로 답장을 써 보냈다.

— 누구랑, 뭐 하고, 몇 시까지?
— 친구랑 문래동에서 전시 봄. 10시까지?
— 친구 누구?

대답 안 해줄 걸 알면서도 괜히 한번 떠보았다. '친구'란 요즘 둘째랑 놀러 다니는 같은 반 여자친구였다. 둘째 주장에 의하면 사귀는 여자친구가 아닌 '여자 사람 친구'. 하여간 그 여자애가 전시회 구경 다니기를 좋아해 둘째도 같이 전시 보러 다닌단다. 거짓말은 아닌 것이 요즈음 둘째 방을 치우러 들어가면 미술관에서 나눠주는 팸플릿이며 가이드북 따위가 눈에 띄었다.

둘째의 여자 사람 친구는 어떤 아이일까? 중학교 내내 친구가 없어 걱정이던 그 아이에게 단짝이 생긴 건 참 다행이었다. 그 나이에 미술 전시 보러 다니는 취미가 있는 걸 보면 여유 있는 집 아이인 모양이다. 여자아이라는 점이 조금 걱정스럽기는 하지만 우리 애가 여자아이랑 사고 치는 그런 애는 절대 아니지. 그래도 남자애랑 여자애가 너무 늦게 돌아다니는 건 딸 가진 부모 입장에서는 안 될 일이다. 나는 아이에게 당부하는 말을 보냈다.

— 10시는 너무 늦어. 9시.
— 그럼 9시 30분.
— 안 돼. 너 지난번에도 11시 넘겨 들어왔잖아. -_-+

밀고 당긴 끝에 아이와 나는 귀가 시간 9시 15분으로 최종 합의를 보았다. 약속한 시간보다 늦어지면 꼭 미리 연락하고, 친구한테도 제 부모님께 연락하게끔 하라고 잔소리를 했다. 아이랑 카톡을 하느라 식사 시간이 순식간에 지나갔다. 나는 후다닥 화장실을 다녀와서 일터로 복귀했다.

오후 시간은 손님 없이 한산했다. 나는 잠깐 계산대를 비우고 진열 일을 도왔다. 일하다 보니 한 손님이 빈 계산대 앞에서 서성거리고 있었다. 나는 부랴부랴 계산대로 되돌아갔다. 계산대 위에는 그릇이 하나 놓여 있었다. 스테인리스 재질의 반려견용 그릇이었다. 손님이 말했다.

"아줌마."

불길한 예감이 들었다. 이곳에서 직원을 대뜸 '아줌마'라고 부르는 손님들은 전부는 아니지만 높은 비율로 진상들이다. 나는 최대

182

한 표정을 관리하며 그를 바라보았다. 초로의 남자가 술에 취한 사람처럼 초점이 흐린 눈으로 내 얼굴을 뚫어져라 쳐다보고 있었다.

"예, 손님?"

남자는 그릇 귀퉁이를 쥐고 계산대 위를 탁탁 치더니 어눌하고 뭉개진 발음으로 말했다.

"아줌마, 아줌마는 여기다……."

나는 바로 알아듣지 못해 되물었다.

"네? 뭐라고요?"

남자는 강아지용 밥그릇을 내 얼굴 앞에 흔들며 다시 물었다.

"아줌마는 여기다 밥 퍼주면 먹을래?"

기름종이처럼 얄팍한 안전망이 힘없이 찢어지는 감각이 나를 덮쳐왔다. 이어서 가슴이 미친 듯 두방망이질쳤다. 기가 막힌 와중에도 나는 이런 상황에는 어떻게 대처해야 좋을지 고민해야 했다. 못 들은 척 무시해 넘길까, 아니면 따끔하게 한마디 쏘아붙여? 파트장이나 부점장에게 도움을 청해? 찰나 동안 수많은 대안들이 머릿속에서 우선순위를 다투었다. 어물거리는 동안 남자는 모종의 기대감에 가득 찬 표정으로 나를 바라보고 있었다.

저 징그러운 놈이 나한테 기대하는 게 뭘까? 뭐긴 뭐겠어. 더럽고 뻔한 것이지. 그리 생각하자 욕지기가 솟았다. 마음 같아서는 그놈에게 한바탕 욕을 퍼부어주고 싶었다. 개 밥그릇을 빼앗아 개만도 못한 놈의 머리통을 한 대 갈겨주고 싶었다. 한 달에 이백도 안 되는 돈 벌자고 이런 놈에게 수모를 당하나. 그냥 다 집어치워

버릴까. 이대로 뛰어나가 버릴까.

한순간 학교에서 공부하고 있을 아이들 얼굴이 차례로 떠올랐다. 그러자 걷잡을 수 없이 치밀어 오른 감정이 거짓말처럼 가라앉았다. 그래 아무렴 그럴 수는 없지. 저까짓 놈이 기대하는 대로 되어줄 수는 없지.

나는 남자를 똑바로 바라보며 말했다.

"손님. 여기서 그런 말씀 하시면 경찰에 연락할 수도 있어요."

그리 말한 것만으로 남자는 표정을 일그러뜨리며 기세를 꺾었다. 그는 강아지 밥그릇을 바닥에 거칠게 집어 던지더니 매장을 나가버렸다. 뒤에 서 있던 내 또래 여자 손님이 말없이 그릇을 집어 계산대 위에 올려주며 연민하는 눈으로 나를 쳐다보았다. 그제야 뻣뻣이 굳었던 몸이 풀렸다. 나는 계산대에 기댄 채 한동안 움직이지 못하다 겨우 정신을 추슬렀다.

"오늘 욕봤네."

퇴근 시간, 수미가 다가와 위로를 건넸다. 그저 웃음만 나왔다. 수미는 가방을 싸며 슬쩍 제안했다.

"가는 길에 맥주 한잔할래? 내가 살 테니까."

"진짜 그러고 싶은데 하필 오늘 우리 아저씨가 칼퇴를 하신다네. 애도 놀다 늦게 들어온다는데. 눈치도 없어."

"아깝네. 우리 애도 오늘 어디 놀러 나갔거든. 여자애가 툭하면 늦는다니까. 하여간 그놈의 전시인지 뭔지……."

수미는 입맛을 다셨다. 순간 까맣게 잊고 지내던 기억 하나가 내 머릿속에서 고개를 쳐들었다.

"전시?"

"말 안 했나? 우리 애 전시회 보러 다니는 게 취미라고."

맞네, 맞아. 분명 수미랑 맥주를 마셨던 날에 그 집 딸이 전시 구경 다니기를 좋아한다는 이야기를 들었다. 딸이 우리 아들이랑 동갑이라고 했더랬지. 학교도 같았나? 기억이 오락가락했다. 수미에게 다시 물어보려는데 파트장이 탕비실에 들어와 수미에게 말을 걸었다. 그냥 다음에 물어봐야겠다.

14
우현

"나는 아무것도 결정하지 않기로 결정했다."

안광순이 무선 마이크에 대고 천천히 말했다. 그의 등 뒤에는
얇은 나무 판으로 만들어진 거대한 고래 등뼈가 천장에 매달려
있었다. 천장에 설치된 스피커에서 스산한 바람과 파도 소리가 흘
러나왔다. 이어서 헬리콥터가 착륙하는 굉음이 울리더니 메아리
를 남기고 멀어져갔다. 여러 가지 소리들은 한데 뒤섞이며 화이트
노이즈로 변모했다. 소리가 일으키는 파동에 맞추어 고래 등뼈가
모빌처럼 앞뒤로 천천히 흔들렸다. 관객들은 맨바닥에 방석을 깔
고 앉은 채 안광순과 고래 등뼈를 지켜보고 있었다.

"꼭 ASMR 같다."

나는 지예의 귓가에 작게 속삭였다. 지예는 영상을 찍느라 대

충 고개만 *끄덕였다.* 미술가이자 공연 기획자이며 에세이스트 겸 디제이인 전방위 아티스트 안광순과 설치 미술가의 합동 퍼포먼스는 벌써 이십 분 넘게 이어지는 중이었다.

나는 입을 꼭 다물고 하품을 삼켰다. 처음에는 재미있었는데 공연이 너무 길어지니까 갈수록 졸음이 쏟아졌다. 원래 이런 공연, 아니 '퍼포먼스'는 이렇게 졸린 건가? 마침내 긴 공연이 끝났다. 나는 쿡쿡 쑤시는 엉덩이를 손등으로 문지르며 지예에게 물었다.

"이제 다 끝났어?"

"응. 이제부터는 뒤풀이 파티."

"뒤풀이 어디서 하는데?"

"여기서 바로 해."

지예는 인스타와 트위터에 퍼포먼스를 찍은 영상을 업로드하며 턱짓으로 저편을 가리켰다. 직원들이 테이블을 길게 이어 붙이고 음식을 차리고 있었다.

이곳, '대안공간 파이'는 와보니까 엄청 넓은 곳이었다. 겉보기에는 학교처럼 생긴 낡은 건물인데 들어와보니 교실 여러 개를 붙여 놓은 만큼 넓었다. 그림도 있고, 조각도 있고, 서점 같은 공간도 있고, 예쁘게 꾸민 정원이 보이는 카페도 있었다.

나랑 지예는 뒤풀이 테이블 근처에서 어색하게 기웃거렸다. 뒤풀이 참가자는 스무 명이 넘었다. 딱히 오가는 사람들에게 눈치를 주지 않는 분위기였다.

"앉으실 거죠?"

내 곁에 있던 남자 어른이 친절한 투로 물었다. 우리는 얼떨결에 테이블 중간에 앉았다.

"안녕하세요."

맞은편 자리에 앉은 여자 어른 둘이 인사를 건넸다. 검은 원피스와 검은색 처피 뱅 헤어, 검은 아이섀도까지 똑같이 맞춰 꾸며서 일란성 쌍둥이 같았다. 그들은 세 보이는 외모와는 달리 상냥한 태도로 우리 몫의 일회용 접시와 컵을 챙겨주었다. 곧이어 직원들이 술병을 돌리고 사람들은 흥에 겨워 수다를 떨기 시작했다. 누군가 물어보지도 않고 우리 앞에 놓인 컵에 술을 따라놓았다. 나는 내 앞에 놓인 컵을 보며 망설이다 일단 지예 눈치를 봤다.

"어떡하……"

말문이 막혔다. 지예는 벌써 컵을 들고 술을 마시고 있었다. 심장이 쿵쿵 뛰었다. 거침없이 술을 마시는 지예를 보고 있자니 얼마 전 트위터에서 읽은 내용이 떠올랐다. 성인이 미성년자에게 술을 판매하는 건 명백한 불법이지만 단순히 미성년자가 술을 마시는 행위 자체는 불법이 아니라는 내용이었다. 좋아, 그렇다면 한 잔 정도는 뭐, 괜찮겠지?

결심한 나는 종이컵을 들었다. 황금빛 액체가 작은 거품을 터뜨리며 찰랑거렸다. 맥주일까? 달콤한 향이 나는데…… 모르겠다. 뭐, 마셔보면 알겠지?

"에이, 뭐야. 나만 빼놓고 시작했어?"

머리 위에서 굵직한 목소리가 들려왔다. 나는 놀라서 컵을 내려놓았다. 안광순이 내 뒤편에 서 있었다.

그는 빈 의자 하나를 번쩍 들고 내 옆으로 이동했다. 지예는 빈 컵에 술을 따르다 안광순을 보고 놀라 무릎 위에 술을 조금 흘렸다. 안광순은 지예의 바로 옆자리에 의자를 놓고 앉더니 맞은편에 앉은 어른들과 이야기하기 시작했다.

"괜찮아?"

나는 종이 냅킨 여러 장을 지예에게 건네며 물었다. 지예는 술에 젖은 무릎을 냅킨으로 마구 문지르며 중얼거렸다.

"존나 놀랐네."

지예의 말투는 평소와 다르지 않았지만 눈길은 바로 옆에 앉은 안광순에게 꽂혀 있었다. 나는 마시려다 만 술을 한 모금 마셔보았다. 톡 쏘는 자극과 함께 달달한 맛이 퍼져 나갔다.

"이거 뭐지?"

나는 어리둥절해졌다. 맥주가 아니라 탄산이 들어간 사과주스 맛이었다. 한 모금 더 마셔보았다. 빼도 박도 못 할 사과주스였다.

"그거 애플 사이더예요."

누군가 말했다. 방금 전까지만 해도 비어 있던 내 옆자리에 낯선 사람이 앉아 있었다. 동그랗고 흰 얼굴에 동그란 검은테 안경을 끼고 가느다란 멜빵이 달린 검은색 반바지를 차려입은 사람이었다. 패션 때문일까, 얼굴도 덩치도 나보다 작아서일까. 꼭 아기 펭귄 같았다. 펭귄치고 날씬하지만.

"아, 정말요? 어쩐지."

나는 고개를 끄덕이며 말했다. 어쩐지, 술이 아니라 사이다였구나. 사과 맛 사이다도 있나 봐. 아무튼 술이 아니니까 많이 마셔도 상관없겠네. 나는 안심하며 컵에 남은 황금빛 탄산음료를 단숨에 들이켰다. 달고 시원해서 맛있었다.

검은 멜빵바지 입은 사람은 초록색 나무가 그려진 음료수병을 두 손으로 쥔 채 사과주스를 마시는 나를 빤히 바라보았다. 그 모습을 보니 어쩐지 앞발로 도토리를 꼭 쥔 다람쥐가 떠올라 나도 모르게 웃음이 나왔다. 그러자 그 사람도 나를 따라 배시시 웃었다. 웃으니까 더 다람쥐 같네. 펭귄은 취소. 아무튼 귀여운 다람쥐였다. 옷도 내 취향으로 귀엽게 입었고.

나는 호감이 싹트는 것을 느끼며 다람쥐 닮은 사람에게 빈 컵을 살짝 들이댔다. 다람쥐는 내 컵에 사과주스를 가득 따라주었다. 나는 두 번째 잔도 단숨에 비워버렸다.

"이거 음료수처럼 마시다 보면 훅 가니까 조심하세요."

다람쥐가 말했다. 음료수'처럼'이라니? 나는 놀라 물었다.

"이거 술이에요?"

"술이죠. 맥주랑 도수 비슷해요. 조금 더 센가?"

"아까 '애플 사이다'라고 말씀하셨던 것 같아서요……."

다람쥐는 동그란 안경 너머로 캐릭터 인형처럼 눈을 깜박이며 말했다.

"사이다가 아니라 사이'더'인데."

나는 당황해서 컵과 병에 쓰인 영어 글씨를 번갈아 쳐다보았다.

다람쥐가 놀란 얼굴로 내게 물었다.

"괜찮아요?"

"어, 음, 네. 괜찮아요. 달고 맛있어요."

다람쥐는 마음을 놓은 듯 다시 배시시 웃었다. 다람쥐의 웃는 얼굴을 보니 뺨이 달아올랐다. 왜 이러지? 내가 마신 게 술이 맞기는 맞나 보다.

다람쥐는 핸드폰을 집어 들며 나에게 물었다.

"작가님이세요?"

"아뇨. 저는 그냥 구경하러 왔어요."

"아, 저도 그래요."

그나저나…… 이 사람은 몇 살일까? 나만큼 어려 보이지만 동안인 어른인지도 모른다. 여기 있는 사람들은 나하고 지예만 빼고 다 어른이니까. 이 사람도 무지개일까? 물론 무지개가 아닐 가능성도 있지만, 그럴 가능성은 매우 낮아 보였다. 무슨 근거로 그리 확신하느냐고 누군가 묻는다면 '그냥'이라고밖에는 할 말이 없다.

다람쥐는 의자를 끌어 내 곁에 바짝 붙어 앉았다. 반바지 아래로 드러난 다람쥐의 하얀 무릎과 긴바지를 입은 내 무릎이 아주 잠시 닿았다가 곧 떨어졌다. 나는 사이다가 아닌 '사이더'를 내 컵에 콸콸 부었다. 그러자 다람쥐가 내 손에서 술병을 빼앗더니 대신 따라주었다. 한순간 버킷 햇 쓴 사람과 그의 미러볼이 내 머릿속에 사진처럼 떠올랐다. 나는 목구멍을 따끔하게 찌르는 탄산의 감촉과 함께 그 기억을 꿀꺽 넘겨버렸다.

저쪽에서 숨 넘어가는 웃음소리가 들려왔다. 무심코 그쪽을 봤더니 안광순과 지인들이 크게 웃고 있었다. 그제야 나는 내가 지예의 존재를 완벽히 잊고 있었다는 사실을 깨달았다. 나는 지예에게 몸을 기울이며 말을 건넸다.

"이거 사과 맛 탄산이 아니라 술이었어."

"그것도 몰랐어?"

지예는 건성으로 쏘아붙였다. 무시하는 말투에 기분이 좀 상했다. 지예는 눈을 이리저리 굴리며 안광순과 동료 작가들이 나누는 대화에만 온 신경을 집중하고 있었다.

"한 잔 드릴까요?"

갑자기 안광순이 우리 쪽으로 몸을 획 돌리며 물었다. 그의 손에는 방금 딴 맥주병이 들려 있었다. 그는 내 얼굴을 흘깃 보고 이어서 지예를 보았다. 어떡하지? 고민할 새도 없이 지예가 대답했다.

"네. 주세요."

안광순은 지예의 종이컵에 맥주를 가득 따라주었다. 지예는 다시 말했다.

"퍼포먼스 잘 봤어요."

"그래요? 좀 떨었는데. 티 안 났나?"

그러자 다른 쪽에 앉아 있던 긴 머리 여자 어른이 끼어들었다.

"완전 티 났어."

"아, 진짜요?"

멋쩍게 웃는 안광순의 어깨를 여자가 손바닥으로 찰싹 때리며 웃었다. 안광순은 다시 지예 쪽으로 돌아앉으며 물었다.

"퍼포먼스 어땠어요?"

지예는 한참 동안 참았던 숨을 토해내듯 빠르게 대답했다.

"인상 깊었어요. 정말로요."

"아 그래요? 다행이네. 혹시 트위터 하세요?"

"네. 저 '앙팡'이에요. 광순님 계정 팔로우하고 있어요."

"아 그래요? 그렇구나."

지예의 얼굴이 환해졌다. 안광순은 자리에서 일어나더니 전시장 한 편에 하릴없이 앉아 있는 직원들에게 무언가를 말하고 돌아왔다. 조용하던 전시장에 곧 음악이 흐르기 시작했다. 사람들은 음악을 튼 안광순에게 손뼉을 치며 호응을 보내주었다.

"그 커플 지금도 성수동 스튜디오에 있나?"

"에이, 둘이 깨졌잖아요. 고양이들 데리고 제주도 내려갔다는데."

"님, 이번 영화 리뷰 언제 올려요? 저 님 리뷰 읽고 볼지 말지 정할 건데."

"내일 올리려고요. 개인적으로는 최악이었어. 여주인공 빼고 다 쓰레기야."

"그렇지 그렇지. 그나저나 이분 새 앨범 들어봤어요?"

느리게 흐르는 음악 속에 미술과 음악과 영화와 문학에 대한 이야기들이 퍼져 나갔다. 고요한 호수 속에서 유유히 헤엄치는 잉어들처럼 느긋하게 견해를 주고받는 어른들을 바라보며 나도 그들처럼 분위기에 자연스럽게 녹아들어보려 노력했지만 잘 되지 않았다. 그동안에도 지예와 안광순은 계속 대화를 나누었다. 안광순은 지예가 걸고 온 목걸이를 손가락으로 가리키며 물었다.

"그거 별자리 상징 아니에요? 물병자리. 맞죠?"

"네. 제가 물병자리예요."

"그렇구나. 작년에 전시 준비한다고 뉴에이지 레퍼런스 열심히 모았는데."

"이건 트위터에서 산 건데……."

지예가 어물거리며 말했다. 안광순은 오, 하고 눈을 깜박이며 물었다.

"트위터에서 이런 것도 팔아요?"

"네. 수공예 디자인하는 계정들이 있거든요."

"아 그래요? 잠깐 구경해도 돼요?"

지예가 미처 대답하기도 전에 안광순은 지예의 목덜미로 불쑥 손을 뻗었다. 그는 검지와 엄지 끝으로 지예의 목걸이 펜던트를 쥐고 자세히 들여다보았다. 지예는 인형처럼 뻣뻣이 굳은 채 제 가슴과 목덜미 사이에 바짝 붙은 안광순의 커다란 머리통을 내려다보고만 있었다.

"예쁘네."

안광순은 고개를 들고 웃으며 말했다. 지예는 멍하니 있다가 테이블에 놓인 컵을 향해 허우적거리며 손을 내밀었다. 그러자 안광순이 냉큼 지예의 컵을 빼앗아 들고 물었다.

"맥주?"

지예는 엉겁결에 고개를 끄덕였다.

그동안 나는 다람쥐랑 좀 더 깊은 대화를 해보려고 노력하고 있었다. 그런데 이야기가 길어질수록 다람쥐는 점점 지루한 표정을 지었다. 어떻게 하면 처음 만난 사람을 재미있게 해줄 수 있는지, 전혀 모르겠다. 진땀이 흘렀다.

다람쥐는 손가락 끝으로 빈 잔을 만지작거리며 내게 물었다.

"혹시 제가 너무 플러팅하는 거 같았나요?"

"네?"

"아, 역시 그랬나 보네요."

나는 아무 말도 하지 못했다. 다람쥐가 하는 말이 무슨 말인지 이해가 가지 않았다. 플러팅이 뭐지? 트위터에서 본 말인데, 맥락을 모르겠다. 나, 취했나?

"저, 잠깐 화장실 좀."

다람쥐는 애매한 미소를 띤 채 일어나 화장실에 갔다. 나는 다람쥐를 기다리며 지예 쪽을 살펴보았다. 지예는 계속 안광순이랑 단둘이 대화를 나누는 중이었다. 지예는 열띤 어조로 요즘 트위터에서 이슈가 된 화제를 이야기하고 있었다. 안광순은 연신 그렇구나, 그렇구나 하고 맞장구를 치더니 자기 이야기를 하기 시작했다.

"내가 예전에 창작촌에서 습작할 때 이야기인데 말이야……."

나는 지예를 바라보았다. 방금 전까지만 해도 래퍼처럼 빠르게 말을 쏟아내던 지예는 방전된 핸드폰처럼 조용해진 채 고개를 툭 떨어뜨렸다.

"저 친구 취했나 봐."

맞은편 어른들이 졸고 있는 지예를 보며 웃었다. 놀란 나는 지예의 어깨를 흔들어 깨웠다. 지예는 부스스 눈을 뜨더니 눅눅해진 종이컵을 안광순에게 들이밀었다. 내가 미처 뭐라 할 틈도 없이 안광순은 또 지예에게 맥주를 따라주었다.

지금 이거…… 뭘까. 뭔가 조금 이상한 것 같은데.

가슴 밑바닥에서부터 불편한 감각이 교묘하게 설치된 덫처럼 튀어나왔다. 안광순이 따라준 맥주를 또 단숨에 마셔버린 지예는 핏기 빠진 얼굴로 테이블 위를 뚫어져라 바라보고만 있었다. 지예의 눈빛이 이상했다. 아니, 이상한 것 같은 게 아니다. 분명히 이상하다.

"괜찮아?"

나는 걱정스러워하며 물었다.

"응. 괜찮아."

지예는 혀 꼬인 소리로 대답했다. 얘 지금 취한 거야. 분명해. 내가 마음을 굳힌 순간 지예의 어깨에 불현듯 안광순의 손이 턱 하니 얹혔다. 그는 지예의 어깨에 제 손을 걸친 채 다른 쪽에 앉은 사람과 농담을 주고받으며 웃었다.

나는 그 사람의 손이 자꾸만 신경 쓰였다. 지예의 작고 얇고 동그란 어깨, 내가 부러워하는 그 여자아이다운 어깨와 안광순의 크고 두툼하고 털이 숭숭 난 남자다운 손이 이루어내는 대비가 나를 자꾸자꾸 불편하게 만들었다.

저 사람은 왜 계속 지예 몸에 손을 대고 있고, 지예는 왜 가만히 있을까? 저게 이른바 '플러팅'이라는 건가? 고민을 거듭할수록 내가 느끼는 감정이 불편함인지, 혹은 불필요한 오지랖인지 점점 더 헷갈렸다.

"아, 그 새끼 완전 한남이지."

안광순은 혀를 차며 트위터 네임드로 유명한 누군가를 비난하고 있었다. 그의 언변은 그가 트위터에 올리는 날카로운 일침들 못지않게 화려하고 다채로웠다. 하지만 나는 그의 손과 술 취한 지예와 화장실에서 돌아오지 않는 다람쥐가 한꺼번에 신경 쓰여서 전혀 그의 이야기에 집중할 수 없었다.

머리가 너무 복잡하다. 세수라도 하고 올까 싶어서 화장실에 가 보았다. 실은 다람쥐가 왜 이렇게 안 오는지 궁금하기도 했다.

남자 화장실에는 아무도 없었다. 화장실에서 나온 나는 길을 헷갈려 사람들이 모인 곳과 정반대 방향에 있는 정원 쪽으로 갔다. 정원에는 몇몇 사람들이 모여 담배를 피우고 있었다. 다람쥐는 그 사람들과 함께 서 있었다. 다람쥐와 눈이 마주쳤다. 나는 다람쥐를 향해 반갑게 웃으며 손을 살짝 들었다. 그런데 다람쥐는 고개를 돌리며 나의 시선을 피했다.

나는 테이블로 돌아왔다. 홧김에 내 컵에 술을 따르려 했는데 술병은 어느새 텅 비어 있었다. 다람쥐에게 무시당했다. 화장실에 간다는 말도 자리를 뜨려는 거짓말이었을지도 몰라. 곱씹어볼수록 자존심이 상했다. 대체 뭘까? 다람쥐는 분명히 무지개 같아 보였는데……. 하지만 진실은 다람쥐 말고는 모르는 것이었다. 난 왜 다람쥐가 나에게 호감을 품을 거라고 생각했을까. 뭘 믿고? 너무 바보 같아. 창피해서 죽어버리고 싶어.

여전히 지예 곁에는 안광순이 딱 붙어 앉은 채였다. 안광순의 손은 여전히 지예의 어깨 위에 놓인 채였다. 지예는 애매한 미소만 띠고 있었다. 지예는 웃고 있는데 지켜보는 내 마음은 계속 조마조마했다. 안광순이랑 그의 주변에 있는 어른들은 전혀 불편하지 않아 보였다. 마치 나랑 지예만 다른 세상에 뚝 떨어져 있는 것 같았다.

불현듯 새들이 지저귀는 소리가 들려왔다.

테이블에 앉은 어른들이 노랗고 빨갛고 파란 앵무새들로 변했다. 앵무새가 된 어른들은 똑같은 소리로 지저귀고 있었다. 꿈일까? 술에 취해 환상이 보이는 걸까? 나는 너무 놀라 손등으로 눈을 세게 비볐다. 그러자 앵무새들은 거짓말처럼 사라지고 어른들이 보였다. 나는 눈을 껌벅이며 바라보았다. 안광순의 손이 느린 동작으로 지예의 어깨를 천천히 움켜쥐었다가 놓았다 하고 있었다.

이건 꿈도 환상도 아니다. 이건 단지 잘못된 일일 뿐이야.

나는 바닥을 걷어차며 일어났다. 지예의 팔을 덥석 잡고 흔들었다. 나도 깜짝 놀랄 만큼 큰 목소리가 나왔다.

"가자. 이런 데 있지 말자."

지예는 순순히 고개를 끄덕였다. 나는 지예의 팔을 꼭 잡은 채 그 애의 어깨에 들러붙은 안광순의 손을 노려보았다. 그러자 신비로운 현상이 일어났다. 그의 손이 천연덕스럽게 지예의 어깨에서 떨어져 나간 것이었다. 꼭 손등에 제3의 눈이 달린 것처럼.

지예는 내 손을 잡고 비틀거리며 일어났다. 우리가 자리를 떠나는 동안에도 안광순은 예술과 정치와 인권에 대한 세련된 견해를 늘어놓고 있었다. 그는 우리를 한 번도 쳐다보지 않았다. 그곳에 모인 특별하고 멋진 어른들 중 어느 한 사람도 우리에게 신경 쓰지 않았다.

지예는 골목길 하수구 위에 쪼그려 앉아서 토했다. 나는 지예의 등을 연신 두드려주었다.

"이제 괜찮아?"

"응……."

지예는 마스카라가 번져 너구리처럼 시커메진 눈가를 구겨진 휴지로 닦으며 훌쩍였다. 나는 파우치에서 물티슈를 꺼내 지예의 눈가를 닦아주었다. 한참 걸려 간신히 안정을 되찾은 지예는 분통을 터뜨렸다.

"미친 새끼."

나도 지예 못지않게 분했다. 안광순이 지예에게 한 짓은 두말할 것 없는 성추행이었다. 아무 일도 없었다는 것처럼 뻔뻔스럽게 지예의 어깨 위에서 떨어져 나가던 그놈의 손을 생각하면 속이 뒤집어질 것만 같았다.

"씨발. 그 새끼 손 닿은 어깨 확 잘라버리고 싶어."

"미쳤어? 네 어깨를 왜 잘라? 그놈 손목을 잘라버려야지."

내가 흥분해서 받아쳤다. 지예는 물티슈로 코를 훔치며 고개를 끄덕였다.

"경찰에 신고해야 하지 않아?"

"당연히 해야지. 성범죄자 새끼, 죽여버릴 거야."

"작품 활동도 못 하게 만들어야 돼."

"당연하지!"

죽이자, 없애자, 자르자, 존재를 영원히 지워버리자. 우리는 지나가는 사람이 쳐다보는 것도 아랑곳 않고 안광순에게 욕을 퍼부었다.

"이 동네 경찰서에 가서 신고하면 되나?"

"모르겠어. 그러면 되지 않을까?"

"신고 전에 부모님한테 연락해야 하는 거 아냐? 경찰이 부모님 모셔오라고 할 거 같은데……."

내가 걱정하자 지예는 우울한 얼굴로 중얼거렸다.

"엄마한테 어떻게 말해. 존나 2차 가해 당할 텐데."

듣고 보니 그렇다. 경찰에 안광순을 신고하면 부모님은 물론 선생님한테도 연락이 갈 것이 뻔했다. 안광순은 유명한 작가니까 사건이 뉴스에 나올지도 모른다. 학교 애들 사이에 소문이 퍼지는 건 시간문제일 거고. 교실에 혼자 앉은 지예를 보며 수군거리는 반 아이들의 모습이 떠올랐다. '쟤 무슨 작가한테 성추행 당했대.'…… '성추행이 아니라 성폭행 당했다대?'…… '불쌍하다. 잘해줘야겠네.'…… '그러게. 자살할지도 모르잖아'…….

맙소사. 학교에서 그런 이슈의 주인공이 되느니 자퇴하는 게 낫겠다. 내 일이 아닌데도 이렇게 끔찍한데 지예는 얼마나 싫을까? 지예는 파랗게 질린 채 앞니로 엄지손톱을 씹어대고 있었다. 지예는 지금 자기 말고는 아무도 없는 텅 빈 우주 공간으로 도망치고 싶겠지. 나라도 그럴 거야.

우리 가방 속에서는 핸드폰이 끊임없이 울리고 있었다. 엄마들이 카톡을 보내는 거였다. 시간은 어느새 밤 10시를 훌쩍 넘어 11시를 향해 가는 중이었다. 전철이 끊기기 전에 집으로 돌아가야 했다.

지예는 보도블록 위에 웅크려 앉은 채 중얼거렸다.

"아, 너무 좆같아. 그냥 전부 다 잊어버리고 싶어."

나는 지예를 내려다보며 조심스럽게 입을 열었다.

"잊고 싶은 일이 생겼을 때 내가 쓰는 방법이 있는데, 알려줄까?"

지예는 망설임 없이 고개를 끄덕였다. 나는 황급히 덧붙였다.

"참고로 기억을 아예 지우는 방법은 아니야."

"누가 그걸 몰라? 빨리 말해 봐."

지예가 성화를 부렸다. 나는 더듬더듬 말했다.

"잊고 싶은 일을 겪으면 나는 그 기억을 아주 작은 상자에 집어넣는 상상을 해. 그 상자를 조금 더 큰 상자에 넣고, 그 상자를 또 한 번 더 큰 상자 속에 집어넣는 거야. 속에서 끝없이 작은 인형이 튀어나오는 러시아 인형처럼. 그거 이름이 뭐였더라?"

"마트료시카?"

"그래. 마트료시카처럼. 나중에 기억이 떠오르려고 하면 자동차

나 집이 통째로 들어갈 만큼 큰 상자를 먼저 떠올려. 그 큰 상자를 열고, 그 속에 들어 있는 조금 덜 큰 상자를 또 열고…… 그렇게 상상 속에서 상자를 하나씩 풀어 나가면서 기억이 떠오르는 걸 최대한 늦추는 거야."

상상 속에서 나는 안광순을 종이 인형처럼 사정없이 접어 작은 종이 상자에 집어넣었다. 그런 다음 아주 큰 상자 한 개를 떠올려 보았다. 가운데에 숨구멍 세 개가 나란히 뚫린, 코끼리를 넣을 수 있을 만큼 크고 튼튼한 상자를. 나는 안광순을 집어넣은 상자를 큰 상자에 집어넣은 다음 질긴 덕트 테이프로 빈틈없이 봉했다. 숨구멍까지 꼼꼼하게 틀어막았다. 아무도 상자 속을 함부로 들여다보지 못하도록.

"그래도 나쁜 기억이 자꾸 뚫고 나오려고 하면 어떡해?"

지예가 코를 훌쩍이며 물었다. 나는 쓰게 웃으며 대답했다.

"결국에는 뚫고 나와버리긴 해. 그런 기억들은 목숨이 질기잖아."

잊고 싶다, 잊어버리고 싶다고 되풀이해 생각하는 것은 결코 잊을 수 없다는 사실을 알기 때문이다. 엄마만큼 나이를 많이 먹으면 잊을 수 있을까? 알 수 없다. 아무것도 자신할 수 없다.

"다시는 속지 않을 거야."

한동안 말이 없던 지예가 툭 뱉었다.

"다 똑같아. 달라 보이는 어른들도 다 똑같은 인간들이었어. 학교 애들하고 다를 바 없는 앵무새들이야. 이제 다시는 그런 것들한테 속지 않을 거야. 절대로."

분노에 찬 지예의 말을 듣는 동안 내 머릿속에는 그동안 지예와 함께 돌아다녔던 공간들이 차례로 떠올랐다. 지예랑 같이 정말 재미있었는데. 특별하고, 아름답고, 안전하다고 믿었는데.

나는 안광순을, 안광순과 함께 인권과 예술 이야기로 열변을 토하던 어른들을 떠올렸다. 차갑게 내 눈을 피하던 다람쥐를 떠올렸다. 술에 취해 비틀거리는 고등학생을 신경 써주는 사람은 아무도 없었다. 어른들의 냉혹함을 되새기자 가슴속이 스산해졌다.

지예에게 무슨 말을 해주면 좋을까. 나는 고민하다가 물었다.

"나도 안 믿을 거야?"

"아, 뭐야."

"난 진지한데."

지예는 잠시 어이없다는 듯 나를 올려다보다가 갑자기 내 다리를 주먹으로 퍽 쳤다. 펄쩍 뛰며 아프다고 소리 지르자 지예는 눈꼬리에 눈물방울을 매단 채 웃었다. 그곳에서 도망쳐 나온 뒤 처음으로 터진 웃음이었다. 그 웃음은 아주 작고 허술하지만 그래도 아예 없는 것보다는 훨씬 나은 종이 상자처럼 몸을 감싸주는 것 같아서 나는 아주 조금 마음을 놓아보기로 했다.

그날 새벽 지예는 '다죽여앙팡'이라는 이름의 비공개 트위터 계정을 만들었다. 지예는 앞으로는 안전하다고 판단한 극소수 트친들하고만 맞팔을 맺을 거라고 선언했다. 물론 나는 다죽여앙팡님의 맞팔 트친 1호가 되었고. 지예는 그동안 쓴 앙팡 계정은 접속하지 않은 채 영원히 폐기할 거라고 했다. 지예는 안광순의 기억

을 앙팡이라는 상자에 집어넣어 심해처럼 깊은 온라인 밑바닥에
묻어버리기로 한 것 같았다.

15
우현

— 나 조만간 집 나가려고.

쉬는 시간 종이 울리는 것과 동시에 지예의 카톡이 도착했다.
나는 깜짝 놀라 바로 답톡을 보냈다.

— 진짜?
— 응. 집에 있으면 숨 막혀 죽어버릴 것 같아.
— 나가서 어디로 가게?
— 몰라. 어떻게든 되겠지.

진심일까? 나는 저 멀리 앞줄에 앉은 지예의 뒷모습을 걱정스레 바라보았다. 어린애처럼 작고 마른 지예의 잔등은 무척 외로워 보였다.

대안공간에서 안광순에게 성추행을 당한 뒤 지예는 눈에 띄게 우울해졌다. 원래 아웅다웅하는 사이였던 지예랑 지예네 엄마는 이제는 철천지원수처럼 매일 아침저녁으로 싸워댄다고 했다. 지예는 새로 만든 트위터 비공개 계정에 매일 욕을 올렸다. 안광순 욕, 엄마 욕, 아빠 욕, 예전에 좋아했던 작가들 욕, 추잡하고 부조리한 세상과 사회를 향한 분노를 사정없이 쏟아냈다.

— 그래도 집은 안 나가는 게 좋을 것 같아.

내가 걱정하자 지예는 날 선 어조로 내뱉었다.

— 너까지 그럴래?
— 걱정되니까 그러지...

지예는 입을 다물었다. 나는 지예가 얼마나 혼란하고 고통스러운 나날을 보내는지 누구보다 잘 알았다. 그래서 지예에게 무슨 말을 해주어야 할지 더욱 고민스러웠다. 한참 고민한 끝에 결국 아무거나 떠오르는 대로 말하는 수밖에 없었다.

— 맞다. 이번 주말에 비 온대.

— 주말에 뭐 있어?

— 퀴어 퍼레이드 하잖아.

— 아...

지예에게 말한 대로 이번 주말에는 퀴어 퍼레이드가 열릴 예정이다. 그동안 코로나 바이러스 때문에 온라인으로만 열리다가 오랜만에 재개한 오프라인 축제라 무지개들의 기대감은 이만저만이 아니었다.

— 너도 갈 거야?

지예가 물었다. 나도 물론 퀴어 퍼레이드에 가고 싶었다. 하지만 막상 퍼레이드 날이 가까워지니 갈지 말지 고민이 되었다. 오프라인 퀴어 퍼레이드에 가보는 건 처음이었다. 혼자 가기 뻘쭘하면 트위터에 많이 있는 무지개 트친들이랑 번개 약속을 잡고 같이 가면 된다. 예전에는 다들 그렇게 퍼레이드에 참가하고, 친구도 사귀고 연애도 한다고 들었다.

하지만 말처럼 쉽지만은 않은 일이었다. 나를 무시했던 다람쥐 생각이 나서 움츠러들었다. 엄마 아빠 생각도 발목을 잡았다. 오프라인 축제는 온라인이랑은 다르다. 나를 사이버 불링했던 혐오자 같은 사람들이 몰래 사진을 찍어 아웃팅할까 겁나기도 했다.

― 글쎄. 고민 중이야.

― 너 갈 거면 나도 갈래.

지예가 대뜸 그렇게 말해서 나는 조금 놀랐다. 지예가 같이 가준
다면야 물론 고맙고 기쁘지만 지예는 아직 회복되지 않은 것 같은
데, 괜찮을까? 괜찮냐고 물어보려는 참에 지예가 먼저 물었다.

― 거기는 안전할까?

― 글쎄. 나도 잘 모르겠어.

나는 고개를 들고 교실을 둘러보았다. 멀리 앞줄에 홀로 앉은
지예의 잔등과 그쪽을 보지 않는 척하고 있는 나. 그 사이에 있는
앵무새들은 즐겁게 웃고 떠들며 마음껏 날갯짓하고 있었다. 멍하
니 아이들을 구경하는 동안 목덜미를 옥죄는 교복 타이가 참을
수 없이 갑갑해졌다. 나는, 우리는, 지금 무슨 바보 같은 고민을
하는 걸까.

― 그래도 여기보다는 낫겠지?

지예가 다시 한번 묻는다. 아무도 믿지 않을 거라고 그렇게 이
를 갈더니, 지예는 여전히 희망을 품고 있는 걸까? 또 다른 특별한
세상에서 특별한 사람들을 찾으러 떠나고 싶은 걸까? 또 배신당

하고 상처받으면 어쩌려고 그래?

알고 있다. 나도 지예와 마찬가지라는 걸. 그럼에도 다시 한번 무언가를 찾아내보고 싶어 하고 있다는 걸.

"아이, 날씨 좋다."

엄마 목소리에 눈이 번쩍 뜨였다.

토요일이었다. 블라인드 끈을 잡아당기자 쨍쨍한 햇살이 눈을 찔렀다. 주말 내내 비가 온다더니, 기상청이 틀렸다. 나는 벌떡 일어나 헤어밴드를 끼고 화장실로 뛰어갔다. 옷 입고 마루로 나왔더니 엄마랑 아빠, 누나까지 다 같이 밥상에 모여 앉아 있었다.

"이제 일어났냐?"

한마디 하는 아빠에게 대충 고개를 끄덕이며 내 자리에 앉았다. 엄마는 아빠에게 밥을 퍼주며 즐거운 듯 말했다.

"날씨 죽여준다. 오늘 간만에 우리 가족 다 같이 놀러 나갈까?"

"오늘?"

나도 모르게 큰소리로 되물었다. 엄마는 고개를 끄덕였다.

"오늘 엄마 쉬는 날이잖아. 누나도 올라왔고, 아빠도 웬일로 주말인데 집에 붙어 있고, 오랜만에 가족 외식 어때? 날이 이렇게 좋잖아. 그치 여보?"

엄마가 아빠에게 강력한 눈빛을 쏘며 말했다. 아빠는 헛기침을 하며 핸드폰을 보는 척했다. 안 돼. 나는 못 가. 오늘은 가야 할 곳이 있다고.

"나 오늘 약속 있다고."

고맙게도 누나가 먼저 딴죽을 걸었다.

"저녁 약속이라며. 점심 먹고 가."

"난 빠질래. 저녁 폭식 예정이라 점심 굶을 거야."

"잘났어 정말. 그럼 누나 빼고 셋이서 갈까? 우현이 너 뭐 먹고 싶어?"

엄마가 나를 보며 물었다. 나는 고개를 가로저었다.

"나도 못 가."

"왜? 너 또 어디 가려고?"

엄마는 속상한 표정을 지었다. 지난 주말 나는 지예랑 막차 타고 밤 12시를 넘겨 집에 돌아왔다. 당연히 엄마한테 장난 아니게 혼났고 아빠한테도 한 소리 들었다. 그러니까, 지금은 아직 조신하게 굴어야 하는 시기라고 할 수 있다. 하지만 어쩔 수 없었다. 다른 날은 상관없지만 오늘만큼은 물러날 수가 없다.

"오늘은 절대 안 늦을게."

"너 또 어디 가? 뭐 하러 가는데?"

엄마는 기분 상한 티를 팍팍 내며 나에게 캐물었다.

"왜 대답을 안 해? 아빠! 아빠가 좀 물어봐."

아빠는 못 이긴 척 부스스한 머리를 긁적이며 내게 물었다.

"오늘 어디 가는데?"

가슴이 두근거렸다. 나는 아무 잘못도 하지 않았다. 숨길 것도 없어. 둘러댈 필요도 없다.

"어…… 나? 시청 앞."

둘러댈 말을 찾지 못했다. 나도 모르게 솔직하게 대답한 이유는 단지 그뿐이었다.

"시청 앞? 왜? 뭐 하러?"

엄마가 아빠 대신 되물었다. 나는 애써 무시했다. 아빠는 열무김치를 밥그릇으로 옮겨 담으며 건성으로 물었다.

"시청 앞에 뭐 있어? 오늘 무슨 행사라도 하나?"

어쩌지. 처음에 둘러댈 타이밍을 놓치는 바람에 사고의 흐름이 엉켜버렸다. 결국 나는 사실대로 말해 버리는 수밖에 없었다.

"……퀴퍼."

아빠는 태어나서 처음 외국어를 들어본 사람처럼 멍청하게 되물었다.

"키퍼? 키퍼가 뭔데? 축구 골키퍼? 우현이 축구하냐?"

누나가 웃음을 터뜨리며 대화에 끼어들었다.

"아, 뭐야 아빠. 키퍼가 아니라 '퀴퍼'라잖아. 퀴어 퍼레이드. 성소수자 축제. 시청 앞에서 하는 거."

"그래? 뭐 그런 축제가 있어?"

미쳤다. 저질렀다. 말해 버렸다. 아빠랑 누나까지, 우리 가족이 다 모인 자리에서! 나는 어쩔 줄 몰랐다. 돌연 아빠가 나를 똑바로 쳐다보며 물었다.

"그런데 거기 네가 뭐 하러 가는데?"

나는 저도 모르게 엄마를 쳐다보았다. 우리 엄마, 우리 가족 중에서 유일하게 내가 커밍아웃한 사람. 그런데 엄마는 나를 보지 않고 있었다. 엄마는 불안 가득한 얼굴로 아빠의 표정을 살피고 있었다. 언제나 아빠에게 잔소리를 퍼붓고 등짝을 때리며 구박하는 엄마가 아빠 눈치를 보고 있다. 나 때문에.

"말해 봤자 무슨 말을 들을지 뻔하니까 안 하는 거야." 문득 엄마랑 같이 텔레비전을 보며 나누었던 말이 떠올랐다. 비록 잠시 동안이었지만 엄마 말에 완전한 공감을 느끼던 순간도. 엄마는 저렇게 아빠 눈치를 볼 수밖에 없는 걸까. 상처받기 싫어서, 모든 문제의 원인인 내가 그만 입을 다물어주기만 바라면서?

그렇게 생각한 순간 슬픔이 해일처럼 내 가슴속으로 밀려들었다. 이어서 참을 수 없을 만큼 화가 났다. 그 화는 아빠와 엄마를 향한 분노면서 동시에 나 자신을 향한 분노였다. 그리고, 당연히 내 몫이어야 하는 분노였다.

"……내가 퀴어니까 가지."

"어? 뭐?"

아빠는 눈을 깜박이며 짧게 부르짖었다. 그 외마디에는 분노도 아니고 두려움도 아닌 오직 하나의 감정만이 실려 있었다. 정말로 내 말이 무슨 말인지 못 알아듣겠다는, 지극히 단순한 무지함.

그러자 머리 허옇게 센 아빠가 턱받이를 하고 네발로 기어 다니는 아기처럼 보였다. 아빠는 정말로 모르는 거야. 젠더퀴어가 뭔지 내가 아무리 자세하게 설명해 줘도 이해하지 못한 엄마처럼.

나는 학교 선생님처럼 또박또박 다시 말해 주었다.

"내가, 퀴어니까, 퀴어 퍼레이드에 간다고."

"우현아."

엄마가 독감 걸린 사람 같은 목소리로 내 이름을 불렀다. 나는 눈에 잔뜩 힘을 주고 엄마를 마주 바라보았다. 어이가 없다. 엄마도 아빠도 둘 다 어른인 주제에, 부모인 주제에, 자기들이 아이인 것처럼 나를 바라보고 있다니.

"퀴어가 뭔데?"

아빠가 변함없이 멍청한 표정으로 질문했다. 누나가 김에 싼 밥을 입에 던져넣으며 대답했다.

"성소수자 말하는 거야. 게이, 레즈비언, 트랜스젠더, 뭐 그런 거."

"그래? 그럼 우리 우현이가 성소수자라는 말이야?"

"그런가 봐?"

누나는 유튜브 라이브 시청자처럼 경박하게 굴었고, 아빠는 멍청한 비둘기처럼 눈만 껌벅거리고, 엄마는 일진들 틈에 억지로 낀 멍청이 같은 표정으로 아빠 눈치만 보고 있다. 도대체 뭔데, 이 한심한 상황은? 더는 못 봐주겠다.

"얘, 우현아!"

엄마가 부르짖었다. 나는 의자를 박차고 일어나 현관을 향해 뛰어나갔다. 아파트 단지를 한달음에 빠져나와 큰길 쪽과 정반대 방향으로 뛰어 올라갔다.

집들이 빽빽이 늘어선 풍경이 새하얗게 밝아지더니 광활한 남극 대륙으로 변했다. 나는 펭귄이 되었다. 무리에서 떨어져 반대로 걸어가는 외톨이 펭귄. 머릿속 나침반이 망가져버린 이상한 펭귄.

이제는 정말 어쩔 수 없어. 이대로 계속 반대로 달려가는 수밖에.
나는 망가진 나침반이 가리키는 방향을 따라 달리고, 달렸다.

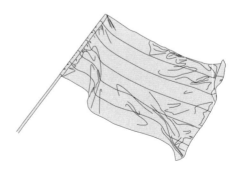

16
그리고 영주

나는 땀으로 미끈거리는 핸드폰 액정을 속절없이 바라보았다. 둘째가 밥 먹다가 집을 뛰쳐나간 지 벌써 한 시간이 지났다. 나는 물론 애 아빠랑 누나까지 온 가족이 돌아가며 아이에게 연락을 시도했지만 아이는 전화를 받아주지 않았다.

아이는 어디로 갔을까, 뭘 하러 갔을까. 심장이 가라앉지 않는다. 자식 걱정이란 항상 최악의 상상을 동반하는 법이었다. 그 아이가 느닷없이 그런 말을 꺼낼 줄은 꿈에도 몰랐다. 그런 건 그 아이다운 짓이 아니다. 그 아이는 늘 조심스럽고, 섬세하고 예민하고…….

생각이 닿는 곳이 있었다. 나는 즉시 수미에게 전화를 걸었다. 지금 한창 매장에서 일하는 시간이라는 걸 알면서도 앞뒤 가릴

겨를이 없었다. 여섯 통째에 수미가 전화를 받았다.

"무슨 일이야?"

짐을 나르던 중이었는지 숨을 헐떡이며 묻는 수미에게 나는 다짜고짜 물었다.

"미안해. 우리 애가 갑자기 집을 나갔거든."

"아이고 어째. 그래서?"

"혹시 그 집 아이가 우리 애 어디 갔는지 알까 싶어서."

"뭐? 우리 딸이 그런 걸 어떻게 알아?"

황당해하는 수미의 목소리를 듣고 나서야 내가 앞뒤 설명을 건너뛰었다는 걸 깨달았다. 수미에게 전화를 건 이유는 둘째랑 같이 놀러 다니는 여자 친구 생각이 나서였다. 비록 한 번도 만나본 적은 없지만 같은 학교에 다니는 또래 여자아이고, 그림 전시회 보는 것이 취미라는, 친구가 없어 걱정이던 내 아이의 유일한 친구.

지난주에도 둘째는 그 여자아이랑 같이 전시회를 보고 밤늦게 들어왔다. 얼마 뒤 나는 일터에서 수미의 딸도 주말 밤늦게 들어왔다는 이야기를 전해 들었더랬다.

"……그러니까, 그 집 아이랑 우리 집 애가 계속 같이 전시회 보면서 놀러 다녔나 봐. 전부 내 일방적인 추측이지만 그래도 혹시나 싶어서."

"듣고 보니 그럴지도 모르겠네. 웬일이래? 하여간 이놈의 기집애는 제가 누구랑 뭐 하고 노는지 나한테 말하는 법이 없어가지고."

"아무튼 오늘 따님 외출했어? 우리 애랑 같이 갔는지도 모르잖아."

"안 그래도 애가 아침 댓바람부터 나갈 준비를 하더라."

"그래?"

나는 전화기를 귀에 바짝 붙이고 필사적으로 물었다.

"어디 갔는지 알아?"

"뭐라더라, 시청이랬나? 아무튼 시내로 가는 것 같던데."

"그래! 우리 애도 시청 간다고 그랬어. 오늘 시청 앞에서……."

순간적으로 '퀴퍼'라는 말을 할 뻔했다. 나는 황급히 그 낯설기 짝이 없는 두 글자를 목구멍 너머로 꿀꺽 삼키고 이어 말했다.

"……오늘 시청 앞에서 무슨 축제를 한다더라고. 애들이 거기 갔나 봐."

"그런가 보네."

"거기 갔으면 딱히 무슨 일 없겠지?"

"뭐, 명색이 시청 앞에서 하는 축제인데 무슨 일이야 있겠어? 늦은 시간도 아니고, 다 놀고 나면 들어오겠지. 너무 걱정 마."

"그래도……."

수미는 나와 내 아이의 문제를 모른다. 말마따나 밤중도 아니고 훤한 대낮에 시내로 놀러 나간 아이들을 걱정하는 내가 과보호하는 부모처럼 비칠 것 같았다.

"으이구, 철딱서니 없는 것들, 부모 맘도 모르고."

수미가 혀를 찼다. 그 스스럼없는 말투에 구원받는 기분이 들었다. 나는 수미에게 고마움을 전하고 전화를 끊었다. 마음을 다스린 뒤 다시 한번 아이에게 말을 걸어보려고 카카오톡 어플을 실행했다.

— 너 시청 거기 있는 거 맞아?

처음에는 되는대로 그렇게만 썼다가 전송 버튼을 누르기 전에 지워버렸다.

— 너 혹시 그 친구랑 같이 있니?

이번에는 그리 썼다가 너무 몰아세우는 것 같아 다시 지웠다. 그다음 문장을 쓰기까지는 몇 배의 시간이 걸렸다.

— 엄마도 시청 거기 한번 가볼까?

이번에도 전송 버튼을 누르기 전에 그냥 지우려다가, 지우지 않기로 마음먹었다.

전송 버튼 위에서 엄지손가락이 움직이지 않았다. 핸드폰이란, 인터넷이란 참 편한 도구라는 생각이 새삼 들었다. 똑같은 말을 그 아이의 얼굴 보며 직접 전하려면 훨씬 많은 시간과 노력이 필요할 테니까.

— 엄마도 거기 가는 길이야. 퀴퍼.

전할 말을 다 썼으니 이제 보내기만 하면 될 일이었다. 이 조그마한 화살표를 엄지로 누르지 않으면 말도 마음도 영원히 전해지지 않는다. 결국 얼굴을 보고 말하는 것만큼 쉽지 않은 일이라는 사실을 새삼스레 깨달았다.

나는 카카오톡 어플을 핸드폰 바탕화면에 잠깐 밀어놓고 길 찾기 어플을 실행해 우리 동네에서 시청 앞 광장까지 가려면 시간이 얼마나 걸릴지 가늠해 보았다. 그러자 품 안에서 세상으로 내보낸 뒤 처음으로 그 아이와 다시 하나로 이어질 수 있을 것만 같은 기분이 들었다. 그 기분은 어디까지나 부모의 짝사랑일 뿐이라는 것을 알면서도.

피와 살을 나누고 내 목숨과도 주저 없이 맞바꿀 수 있는 단 하나뿐인 존재일지라도, 그 아이는 어쩔 수 없는 타인이다. 타인에게서 자기 존재를 찾으려 드는 것은 세상에서 가장 공허한 짓이라는 것도 안다. 다 아는데도, 알면서도.

우리 동네에서 시청 앞 광장까지는 사십칠 분이 걸린다고 지도 어플이 친절하게 말해 주었다. 나는 인터넷 포털 사이트에 '퀴어 퍼레이드'라는 단어를 검색해 보았다. 최신 뉴스 기사들이 사진과 함께 줄줄이 올라왔다. '종교 단체', '혐오 세력'이라 불리는 사람들이 시청 앞에서 전투경찰과 대치 중이라는 기사가 제일 먼저 눈에 들어왔다. 이 인간들이 아이들한테 해코지라도 하면 어쩌나! 불안 속에서 나는 마침내 메시지 전송 버튼을 눌렀다. 보내자마자 가슴이 두방망이질 치기 시작했다. 두려웠다. 그럼에도 불구하고, 알고 싶다고 생각했다. 내 아이, 그 아이에 대해서.

세상은 깜깜했다. 삶이란 안다고 자부하는 것들이 낯설어지는 배신의 반복이었다. 이제 겪을 만큼 겪어봤다고 자만하는 바로 그 순간에 인생은 보란 듯 반격을 날린다. 알면서도 달아나는 아이에게 무작정 교신을 시도한다. 그 아이와 얼굴을 마주하고 이름을 부르는 것만으로 서로 조금은 가까워지리라, 무작정 그리 믿어보기로 나는 마음먹었다.

　그는 타인이다. 내가 그를, 그가 나를 완전히 이해하는 날은 영원히 오지 않을지도 모른다. 아마도 오지 않을 것이다. 그것이 순리인지도 모른다……. 그래도, 그런 채로도 어떻게든 연결되고 싶다고 생각한다.

　여전히 서로가 서로에게 미지의 존재들인 채.

○ 작가의 말

　십 년 전, 첫 장편소설을 냈을 때 심사위원 선생님들이 '남자 작가가 쓴 줄 알았다'는 평을 하셨다는 후일담을 전해 들었습니다. 세 번째 장편으로 문학상을 탔을 때는 여러 독자분들이 '육십 대 할아버지가 쓴 줄 알았다'는 감상을 전해주셨고요. 제 소설들의 어떠한 부분들이 읽는 이들로 하여금 실제의 저와 어긋나는 추측 혹은 상상을 하게끔 하는 걸까요? 새 책을 낼 때마다 이러한 일이 반복해서 일어나는 것이 저로서는 즐겁고 재미나지만, 가끔은 어째서일까라는 의문을 갖게 됩니다.

　이 이야기에는 밖에서 들여다보는 자신과 안에서 내다보는 자신이 생뚱맞게 달라 마음고생을 하고, 그러면서도 그로부터 살아갈 힘을 얻는 아이들이 등장합니다. 세상에는 '안과 밖이 일치해야 진실하고 올바른 사람이다'라는 말이 상식처럼 존재하지만, 과연 이 세상에 몇이나 되는 사람들이 안팎이 똑같은 삶을 살고 있을까요? 안팎이 일치한다는 것이 절대적으로 진실하고 올바른 것일까요?

이 길지 않은 소설에 모자란 부분이 있다면 전적으로 저의 부족함 때문입니다.

사랑하는 나의 가족과 친구들, 출간을 결정해 주신 해냄출판사 여러분과 소설의 처음부터 끝까지 사랑과 열정으로 함께해 주신 조아혜 편집자님, 어디에도 없는 멋진 표지를 만들어주신 홍은주 디자이너님께 고마움을 전합니다.

Send my love and solidarity to my cousin, Emily.

2022년, 대한민국 차별금지법 제정을 촉구합니다.

2022년 봄,

이진

| 참고문헌 |

김승섭 외, 『오롯한 당신』, 숨쉬는책공장, 2018

더글러스 크림프, 『애도와 투쟁』, 현실문화, 2021

데이지, 『페이보릿 데이지』, 끝봄초여름, 2020

로라 마일스 외, 『트랜스젠더 차별과 해방』, 책갈피, 2018

벤 바레스, 『벤 바레스』, 해나무, 2020

수잔 스트라이커, 『트랜스젠더의 역사』, 이매진, 2016

한국성소수자연구회, 『혐오의 시대에 맞서는 성소수자에 대한 12가지 질문』, 2016

한국성적소수자문화인권센터, 『조각보자기 0호』, 2015

한국성적소수자문화인권센터, 『조각보자기 1호』, 2016

한국성적소수자문화인권센터, 『조각보자기 2호』, 2018

언노운

초판 1쇄 2022년 5월 25일

지은이 | 이진
펴낸이 | 송영석

주간 | 이혜진
기획편집 | 박신애 · 최미혜 · 최예은 · 조아혜
외서기획편집 | 정혜경 · 송하린 · 양한나
디자인 | 박윤정 · 유보람
마케팅 | 이종우 · 김유종 · 한승민
관리 | 송우석 · 전지연 · 채경민

펴낸곳 | (株)해냄출판사
등록번호 | 제10-229호
등록일자 | 1988년 5월 11일(설립일자 | 1983년 6월 24일)

04042 서울시 마포구 잔다리로 30 해냄빌딩 5 · 6층
대표전화 | 326-1600 **팩스** | 326-1624
홈페이지 | www.hainaim.com

ISBN 979-11-6714-035-7